KB033543

시간강사입니다
배민 합니다

이병철 에세이

세상의 모든 불빛

종일 겨울비가 내린다. 우비도 챙겨 입어야 하고, 빗길 안전에도 유의해야 한다. 비 오는 날 신경 써야 할 것은 또 있다. 고급 아파트 단지는 배달 오토바이의 지상 출입을 막는다. 이런 날 지하 주차장은 위험하다. 에폭시로 마감된 바닥면에 물기가 생기면 몹시 미끄럽기 때문이다. 아무리 조심해도 갑자기 중심을 잃고 넘어질 수 있다. 그러면 다치는 것도 문제지만 손님이 주문한 음식이 엉망이 된다. 특히 국물 음식은 더 조심해야 한다.

절대 넘어져선 안 돼. 천천히, 두 발을 땅에 디디면서, 어린 시절 아버지에게 자전거를 배울 때처럼, 엉금

엉금 오토바이를 몬다. 땀인지 빗물인지 몇 방울의 물이 눈썹을 타고 뺨으로 흐른다. 차가운 겨울비와 우비 안의 열기가 섞이면서 하얀 김이 오른다. 107동 지하 현관 앞에 간신히 오토바이를 세운다. 40층에서부터 내려오는 엘리베이터를 기다린다. 나도 40층에 가야 하는데, 아마 음식을 주문한 손님이 조금 전 귀가한 모양이다.

신축 고급 아파트여선지 지하까지 엘리베이터가 금방 내려온다. 40층 버튼을 누른다. 문이 닫힌다. 40층은 처음이다. 이렇게 높은 아파트가 있는 줄 몰랐다. 아기가 자고 있으니 초인종을 누르지 말아 달라는 요청에 조심스레 음식을 문 앞에다 내려놓는다. '배달 완료' 버튼을 누르고 돌아서는 등 뒤에 문 열리는 소리가 들린다. "감사합니다" 마음 환해지는 한마디. "맛있게 드세요" 속삭이듯 말하고 다시 엘리베이터 앞에 선다.

지하 2층에 내려간 엘리베이터가 40층까지 올라오려면 한참 걸릴 것이다. 복도 끝에 창문 하나가 열려 있다. 창문 밖 야경을 바라본다. 이렇게 높은 곳에서 아름다운 야경을 볼 수 있다는 건 이 일의 기쁨 중 하나다. 40층에서 내려다보는 세상의 모든 불빛들이 물기를 머금어 보석처럼 빛난다. 상자에서 마구 쏟아진 사탕 같고,

엉킨 채로 콘센트 꽂은 크리스마스 전구 같고…… 글씨가 됐다가 얼굴이 됐다가 어느 한 시절 혹은 잃어버려 그리운 무엇이 되는 저 불빛들이 애틋하기만 하다.

현재 우리나라 자가보유율은 61퍼센트다. 얼마 전 대선 후보 토론회에서 한 후보는 자신이 대통령이 되면 자가보유율을 80퍼센트까지 올리겠다고 말했다. 자가보유율이 80퍼센트가 되어도, 90퍼센트가 되어도, 아니 99퍼센트가 되어도 내 집은 없을 것만 같다. 열 명 중에 여섯 명이나 집을 갖고 있다는데 왜 내 주변엔 집 없는 사람들뿐인가. 나도, 아버지도, 엄마도, 동생도 자기 집이 없다. 고철 주워 월세 보태던 할아버지는 12년 전 돌아가셨는데, 저세상에 '내 집'을 구하셨을까? 화장한 분골 더미 속에 철심 몇 개가 녹지도 않고 널브러진 걸 보며 '저세상에서도 방세 치를 걱정에 쇳덩어리를 지니고 가시려 했구나' 안쓰러웠다.

수없이 많은 불빛들 중 내 것은 하나도 없구나. 나는 문득 내가 데이비드 보위의 노래 〈Space Oddity〉에 등장하는 우주비행사 '톰 소령'이 된 것 같은 기분을 느낀다. 톰 소령은 비행선이 고장 나 캄캄한 우주를 끝없이 표류한다. 지구는 점점 멀어져 희미한 한 점 불빛이 되고, 그는 지구와의 교신이 끊어지기 직전 아내에게 "사랑해"라고 전해 줄 것을 부탁한다. 이제 톰 소령은 망망한 암흑을 영원히 떠도는 우주 먼지, 나도 "Can you hear me, Major Tom?" 노래를 흥얼거리면서 저 무수한 불빛들 중 내가 돌아갈 별이 어디 있을까 찾아본다. 불빛들이 한꺼번에 뭉치면서 윤곽 없는 색채의 덩어리가 되고 만다.

어느새 엘리베이터가 도착했다. 지하 2층으로 하강하는 엘리베이터 안은 중력 없는 우주 공간의 깡통 우주선 같다. 엘리베이터에서 내리자마자 다음 배달 콜이 울린다. 짧은 공상, 그리고 긴 감상에서 벗어나 현실로 돌아갈 때다. 오토바이에 시동을 건다. 지하 주차장을 빠져나오자 세상의 모든 불빛들이 내게로 한꺼번에 쏟아진다. 세상 어딘가에 환하게 빛나고 있을 내 불빛을 찾아서, 나도 쏟아지듯 달려가야지. 비에 젖은 채 뭉개지는 저 불빛들을 보면서 시구 하나를 외운다. "이제 불 켜진 집에 돌아가게 허락해 주십시오. 고통이신, 그리고 사랑이신 적막한 황혼의 하나님이여."(장석주, 「완전주의자의 꿈」)

괴로우나

즐거우나

나라 사랑하세

-까르보나라

1부

공부를 많이 해서

"실업계 고등학교 지하실에서 납땜할 땐 전문대 들어가는 게 꿈같은 일이었고, 전문대에서 시를 쓸 땐 4년제 대학교에 편입하는 게 하늘의 별 따기였고, 4년제 대학교 졸업해서는 대학원 문턱이 한없이 높아 보였고, 두 번 떨어지고 군대 3년 갔다 와 세 번 만에 붙은 석사 과정을 졸업하고서는 박사 과정이 캄캄한 터널 같았고, 박사 과정을 수료하고서는 박사 학위 논문이 아무리 싸워도 넘어뜨릴 수 없는 적처럼 느껴졌다. 때로 도망치기도 했지만 다시 제자리로 돌아와 눈 질끈 감고 한 걸음씩 걸었다. 계단도 있고 커브 길도 있고 내리막도 있고 구덩이도 있었다. 납땜하던 서초공고 지하 실습실에서부터 박사모를 쓴 한양대학교 교정까지는 얼마나 까마득한 거리인가.

18년 걸렸다. 나는 오늘의 내가 자랑스럽다. 사랑하는 부모님이 내 학문이고 문학이며 예술이다. 다음 계단이 있다면 또 오를 것이고, 그다음 계단이 있다면 또 망설임 없이 오를 것이다. 올라야 한다면 그게 어디든 오르고 오를 것이다. 아버지와 어머니를 위해서."

박사 학위 수여식 날의 이 비장한 다짐은 '생활'이라는 거대한 파도 앞에서 결국 모래성마냥 무너지고 말았다. 박사 학위를 받자마자 지원한 한국연구재단 '박사 후 국내 연수' 연구원에 선정됐을 때만 해도 내 앞날이 장밋빛으로 보였다. 2년간 고정 급여가 지급되고, 4대보험의 혜택도 받았다. 세상에, 4대보험이라니! 2년 동안의 계약직이긴 해도 엄연한 '직장인'이므로 금융권 신용 거래가 가능해졌다. 덕분에 10년 동안 살던 서울 남현동의 반지하 원룸을 벗어나 경기도 안양의 전셋집으로 이사했다. 작은 빌라지만 널찍한 야외 테라스가 딸려 있어 삼겹살도 굽고, 별 좋은 날 빨래도 널고, 친구들과 파티도 하며 즐겁게 지냈다.

박사 후 국내 연수가 종료되면서 월 고정 수입의 60퍼센트가 없어졌다. 인문학 연구자들은 대학에 자리 잡지 못하면 그야말로 '잉여 인간'이 된다. 박사 학위까지 받느라 고생한 걸 생각하면 이제 와 다른 일을 할 수도 없거니와 이미 30대 중후반을 넘긴 나이다. 시간강사를 속칭 '보따리장수'라고 부르는 것은 이 학교 저 학교를 떠돌아다니며 강의 시수대로 급여를 받기 때문이다. 이번 학기에는 세 학교에서 수업 다섯 개를 맡았는데, 시간당 강의료는 3만 5천 원에 불과하다. 몇 군데 신문과 잡지에 글도 연재하고 있지만 강의료와 원고료를 다 합해도 월 200만 원이 채 되지 않는다.

생활비에 대출이자에 각종 공과금까지 해결하려면, 그렇게 빠듯한 와중에도 가끔 낚시도 가고, 클래식 연주회도 가고, 지금의 '나'를 구성하는 것들을 계속 지키려면 손 놓고 있을 수만은 없었다. 문학 과외를 해 볼까 하는 생각도 했지만, 대학에서 학생들을 가르치는 사람이 학교 밖에서 사교육을 기웃거리는 게 내키지 않았다. 구직 사이트를 한참 뒤져보다가 문득 요즘 '배달 대행' 아르바이트가 '핫'하다는 뉴스가 떠올랐다. 그래, 이거야! 그날 바로 당근마켓에서 2006년식 낡은 스쿠터를 40만 원 주고 샀다. 구청에 가 번호판 달고, 보험 가입하고, 안전 교육도 받았다. 그렇게 배달 라이더 부업을 시작하게 됐다.

고등학교 때부터 15년 정도 오토바이를 탔기에 운

전이야 익숙하고, 배달은 고2 때 이후 20년 만이다. 긴 고민이 필요 없었다. 당장 곤란한 구석이 많아서, 막아야 할 구멍들이 많아서 뭐라도 해야 했으니까. 다만 엄마한테는 괜히 말했다 싶다. 배달 라이더들 사고가 많은 요즘, 아무리 걱정하지 말라 한들 엄마는 걱정할 것이다. 내 얘길 듣고 속이 탄 엄마는 "공부를 그렇게 많이 했으면서 할 일이 그것밖에 없어?" 말했고, 나는 "공부를 많이 해서 할 일이 이것밖에 없는 거야" 대답했다.

당근마켓에서 40만 원 주고
2006년식 스쿠터 산 이야기

배달 라이더를 하기로 마음먹었으니 오토바이를 구해야겠지? 주머니 사정이 어려워 나선 일인데, 비싸고 좋은 오토바이 살 돈이 어디 있겠니? 중고나라 카페나 열심히 뒤져 보자. 왜 이렇게 마음에 드는 (싸고 괜찮은) 물건이 없을까. 가만 보자. 배기량 100cc짜리 중형 스쿠터가 70만 원이라고? 이거 괜찮은데?

전화를 걸었다. 판매자와 내일 오전 11시 안양역 앞에서 만나기로 했다. 70만 원이면 꽤나 부담스런 비용이지만, 기왕 타려면 조금이라도 좋은 걸 타야지. 번호판 달고 보험 가입하고 핸드폰 거치대 장착하고 이거 하고 저거 하고 하다 보면 돈이 더 깨질 텐데, 감당할 수 있을지 모르겠다. 내일 스쿠터 인수 받자마자 시청에 가 등록하고 바로 배달 몇 건 뛰어 봐야겠어.

군포에 사는 판매자가 직접 안양역으로 스쿠터를 몰고 오기로 했다. 출발할 때 연락 준다더니 10시 50분이 돼도 연락이 없다. 전화를 걸어도 받질 않고, 문자 메시지에도 회신이 없다. 아마 마음이 바뀐 모양이다. 팔 생각이 없는 듯하다. 오늘부터 당장 일을 시작할 수 있을 줄 알았는데, 허탈하다. 나는 마음먹은 일을 바로 하지 못하면 답답해서 속병이 나는 사람이다. 성격도 급하고, 꾸물거리는 걸 싫어한다. 그래서 곧장 다른 오토바이를 찾아보기 시작했다.

당근마켓에 2006년식 배기량 49cc짜리 스쿠터가 40만 원에 올라왔다. 마침 내가 사는 안양1동에서 가까운 안양3동이다. 오늘 바로 보여 줄 수 있다고 한다. 전화로 대화 나눠 보니 목소리도 선하고, 아주 친절한 분이다. 판매자는 신뢰할 수 있겠는데 2006년식 스쿠터는 좀처럼 미덥지가 않다. 시동이나 제대로 걸릴지, 시속 30km는 넘길지 모르겠다. 그래도 한번 시승해 보고 그런대로 썩 탈 만하다 싶으면 바로 구매해야지. 싼 게 비지떡이겠지만 지금 내 처지에 40만 원짜리 스쿠터면 딱 어울리긴 하니까.

안양3동 성원아파트까지 걸어갔다. 20분 정도 걸렸다. 판매자가 나왔다. 나보다 두세 살 젊어 보이는, 훤칠한 남자다. 지하 주차장으로 따라 내려가 스쿠터를 봤다. 생각보다 괜찮아 보였다. 시동을 걸고 시승을 해 보는데, 내가 과거에 타던 125cc나 100cc 바이크에 비하자면 이건 자전거 수준이다. 예전 바이크의 스로틀과 브레이크, 핸들링, 속도감에 길들여진 몸은 2006년식 스쿠터 위에서 영 어색하고 낯설었다. 하지만 가격을 생각하면 이 정도도 감지덕지다. 구매를 결정하고 바로 40만 원을 송금하려는데, 이런 젠장. 잔고가 부족하다. 카드값으로 빠져나가 버린 모양이다. 하는 수 없이 친구에게 급히 SOS를 요청해 돈을 꿨다. 그러느라 늦어서 시청 업무 시간이 지나 버렸다. 자동차나 이륜차의 경우 중고 매매 시 판매자와 구매자가 함께 관할 행정기관에 가 양도 및 양수 서류를 작성하는 게 일반적이다. 스쿠터는 그대로 둔 채 내일 오전 안양시청 민원실 앞에서 만나기로 하고 헤어지는데, 친절한 판매자가 집까지 태워다 줬다.

집까지 오는 동안 몇 마디 나눴다. 88년생이라고 했다. 자기도 투잡으로 배달 일 조금 해 보다가 여름에 너무

더워서 관두고 스쿠터를 처분하는 거라고, 짐칸에 달아 놓은 작은 배달통이면 피자 빼고 웬만한 음식은 다 배달할 수 있을 거라고 했다. 내 목소리가 자기 매형이랑 닮았다면서 친근감을 보였는데, 나는 나보다 네 살 어린 사내가 모는 BMW를 얻어 타고 오면서 괜히 기가 죽었다. 40만 원 없어서 한 번에 송금 못 해 준 것도 좀 창피했던 듯하다.

다음 날 오전, 안양시청에서 그와 다시 만났다. 이륜차 책임보험에 가입하고, 등록세도 내고, 절차에 맞게 매매를 잘 마쳤다. 다시 동네로 와 지하 주차장에 세워 둔 스쿠터를 건네받았다. 보조키, 반통 남은 엔진오일, 헬멧, 우비는 서비스였다. 헬멧을 눌러쓴 채 스쿠터를 몰고 가는 내 등 뒤로 그가 외쳤다. "항상 안전 운전 하세요!" 그렇게 나는 고등학교 2학년 이후 20년 만에 다시 배달 라이더가 됐다. 비록 40만 원짜리 낡은 스쿠터, 시속 50km 넘기는 것도 힘겹지만, 나는 로시난테를 타고 풍차를 향해 달려가는 돈키호테처럼, 절대 기죽지 않을 것이다. 당당하게 꿈꿀 것이다. 40만 원 투자해서 4,000만 원 벌 때까지 열심히 달릴 것이다.

열두 시간 동안 202,290원 벌었다.
32건 배달,
총 운행 거리 177킬로미터.

오토바이 타고 서울에서 대전까지 간 셈이다.

20만 원 벌기

하루에 20만 원 벌기 힘들다. 20만 원은 큰돈이다. 몸으로 뛰어 보니 내가 하루 벌 수 있는 최대치가 20만 원인 것 같다. 그런데 골병들겠다. 하루에 여섯 시간만 하는 게 좋을 듯하다. 오전 11시에 첫 콜 받고 밤 11시에 마지막 콜 받았다. 열두 시간 동안 202,290원 벌었다. 32건 배달, 총 운행 거리 177킬로미터. 오토바이 타고 서울에서 대전까지 간 셈이다.

낮에 배달 단가가 높은 광명을 이리저리 다니느라 기형도문학관을 여러 번 지나갔다. 그때마다 "어느 날 그가 유리 담장을 떼어냈을 때, 그 골목은 가장 햇빛이 안 드는 곳임이 판명되었다/일렬로 선 아이들은 묵묵히 벽돌을 날랐다"(기형도, 「전문가」)던 시구를 외우면서 달렸다. 왜 '전문가'가 떠올랐는지는 모르겠다. 배달 전문가가 되고 싶은 걸까? 아니면 묵묵히 벽돌을 나르는 아이에게 나를 투영했는지도 모른다. 나를 지켜 주던 유리 담장이 다 떨어져 나갔는지 오토바이 타고 달리면 바람에 눈이 시리다.

신호 대기 중 가끔 잡념이 낄 뿐 오토바이를 타고 달리는 동안에는 정말 아무 생각도 들지 않아서 좋다. "풀은 생각 없이 푸르고 생각 없이 자란다"(이병일, 「풀」)던 시처럼 나는 생각 없이 달리고 생각 없이 멈추는 배달 기계가 된다. 비대면 배달이 원칙이지만 가끔 문을 열고 "감사합니다" 인사하는 분들이 있다. 그때마다 나도 최선을 다해 "맛있게 드세요" 한다.

평촌농수산물시장 청과물 가게에 맥도날드 햄버거 여섯 개 배달하고선 수산 코너에 가 꽃게 두 마리 샀다. 집에 들러 냉장고에 꽃게 넣고, 3분 걸려 끓인 짜파게티를 1분 만에 먹고 다시 저녁 배달 나갔다. 낮엔 덥고 저녁엔 춥다. 겨울엔 꽤 힘들겠지만 나는 이 단순한 노동이 좋다. 원고지 20매 쓰면 20만 원 버는데 그건 늘 성취감과 죄책감을 동시에 준다. 글로 돈 버는 게 때로는 사기 같고 장난 같고 그렇다. 강의도 마찬가지다. 문학이라는 것 자체가 거대한 다단계라는 생각이 들 때가 있다.

그럼에도 불구하고 어제는 한 수업에서 벤야민의 '아우라' 이야기로 시작해 일기 쓰기로, 또 카르페디엠과 메멘토 모리로 막 옮겨 가다가 신해철의 〈우리 앞의 생이 끝나 갈 때〉를 들려주면서 마쳤다. 또 다른 비대면 수업에서는 다이앤 애커먼의 책 『감각의 박물학』을 다뤘다. 감각을 환기하는 문장으로 "산허리는 온통 메밀밭이어서 피기 시작한 꽃이 소금을 뿌린 듯이 흐붓한 달빛에 숨이 막힐 지경"이라던 이효석 「메밀꽃 필 무렵」의 아름다움을 학생들에게 읽어 주면서 목이 멨다.

오늘 배달 마치고 집에 오니 문 앞에 웬 택배가 와 있다. 지난 두 학기 내 수업을 들은 한 만학도 선생님께서 이번에 한 문예지 신인상 최종심에 진출했다며 추석 선물로 홍삼을 보내 주신 것이다. 진심으로 기뻐하고 또 내 일처럼 안타까워했지만 그분이나 나나 학교나 문예지나 이건 또 무슨 다단계인가, 나는 이 다단계를 평생 끊지 못할 것인가, 생각했다.

1킬로그램에 3만 원, 저울에 달아 850그램 2만 6천 원 주고 사 온 꽃게 두 마리와 서비스 새우 세 마리를 함께 쪄서 밤 열한 시 늦은 저녁 먹는다. 배달 마치고 집에

오면 몸이 힘들어선지 꼭 소주 한 병씩 마시게 된다. 내일은 배달 나가기 전에 정육점 들러 추석날 가족들과 함께 먹을 요량으로 미리 주문해 둔 갈비 열 근 찾아와야 한다. 갈비 값 카드 할부금 메꾸려면 명절 동안 하루쯤은 또 부지런히 달려서 20만 원 벌어야겠다. 177킬로미터를 또 달려야겠지. 177킬로미터 달려 낚시 가고 싶다. 충남 보령 오천항이 집에서 143킬로미터밖에 안 되는데, 오토바이 타고 가 볼까? 거기 하루 종일 밥 말리의 음악을 틀어 주는 낚싯배 '밥말리호'를 타고 주꾸미와 갑오징어 낚으면서 행복해져 볼까?

입시학원에 배달 가면 교복 입은
인문계 고등학생들이 나더러 "아저씨" 했다.
사회에서는 실업계 고등학생을 학생도 아니고
사회인도 아니라고 했다.
지금도 그렇지만 그때는 더했다.

쪽방촌

고등학교 2학년, 서울 동작구 이수역 먹자골목의 분식집 '김가네'에서 처음 오토바이 배달 아르바이트를 했다. 시급 1,800원쯤 됐을까? 학교 마치고 오후 5시부터 저녁 11시까지 매일 6시간씩 일했다. 배달도 하고, 음식물 쓰레기도 내다 버리고, 김밥 아줌마 어깨도 주물러 주고, 손 모자랄 땐 홀에서 서빙도 했다. 하루에 만 원 벌어한 달이면 30만 원, 당시 학생 신분으로 그 정도면 나름 큰돈이었다. 그 나이 때는 오토바이 타는 게 왜 그렇게 멋있어 보였을까? 원동기 면허증을 따고, 배달 아르바이트로 돈을 모아 VF나 엑시브 같은 125cc 오토바이를 사는게 당시 우리 또래들의 로망이었다.

나는 오토바이를 사는 데는 관심이 없었다. 그저 돈

을 벌고 싶었다. 할아버지 할머니는 박스를 줍고, 엄마는 새벽부터 밤까지 식당에서 일했다. IMF로 사업이 망한 후 아버지는 가족들과 떨어져 지내야만 했다. 내 용돈이라도 벌자며 시작한 아르바이트였다. 좋아하는 오토바이도 실컷 탈 수 있으니 일석이조였다. 다만 때때로 서글펐다. 입시학원에 배달 가면 교복 입은 인문계 고등학생들이 나더러 "아저씨" 했다. 사회에서는 실업계 고등학생을 학생도 아니고 사회인도 아니라고 했다. 지금도 그렇지만 그때는 더했다.

20년 만에 다시 배달 일을 해 보니 모든 시스템이 너무 편하게 바뀌어 있어 깜짝 놀랐다. 우선 보수부터 비교 불가다. 20년 전에는 시급 1,800원이었는데 지금은 1만 5천~2만 원이나 된다. 근무 환경도 다르다. 가게로 출퇴근해야 했던 그때와 달리 지금은 내가 일하고 싶을 때만 할 수 있다. 아, 이제는 음식 그릇을 찾으러 가지 않아도 된다. '라떼'는 정말이지 그릇 찾으러 가는 게 여간 번거로운 일이 아니었다. 은행에서 점심시간에 돌솥비빔밥 16개 단체 주문을 하면 철가방 두 개에 무거운 돌솥을 나눠 넣고 낑낑거리며 배달해야 했는데, 요즘은 일회용기가 보편화되면서 배달이 편해졌다. 물론 환경을 생각하면 일회

용기 사용은 줄여야 하겠지만.

가장 큰 변화는 아무래도 스마트 기기가 보편화되면서 어플리케이션과 내비게이션의 도움을 받을 수 있다는 점이다. 20년 전에는 가게에 붙어 있는 '동작구 배달 전도'를 보고 배달 주소지를 대충 감으로 파악해야 했다. 그러다 보니 헤매는 일도 많았다. 20년 전 가을, 이런 일이 있었다.

여느 때처럼 주방에서 내준 음식을 철가방에 넣고 배달을 가려던 참이었다. 주소가 적힌 포스트잇을 받았다. 처음 보는 생소한 번지수였다. 금방 찾아갈 수 있을 거라 생각하고 오토바이에 시동을 걸었다. 그러나 결국 헤맸다. 한 시간이 넘어서야 도착한 그곳은 다 허물어져 가는 쪽방촌, 어둠과 습기로 가득 찬 비좁은 계단을 올라 간신히 문을 두드린 단칸방이었다. "배달이요"라는 내 목소리에 문을 연 건 한눈에 보기에도 몹시 쇠약한 여자, 그리고 남편으로 보이는 사내가 가래 끓는 기침을 하며 비쩍 마른 몸을 이불에서 막 일으키고 있었다.

곰팡이 냄새 진동하는 방에 음식을 내려놓으며 나는 늦어서 죄송하다고 했다. 부부가 주문한 쫄면과 짬뽕라면은 이미 불어 터져 쓰레기통에 들어가는 게 더 나을 것 같았다. "죄송합니다. 다시 가져다 드릴게요." 그러나 부부는 "괜찮아요. 좀 불었으면 어때요. 먹으면 배부른 건 다 똑같은데." 하며 웃었다. 나는 미안함과 고마움, 안쓰러움이 마구 뒤섞인 얼굴로 쪽방을 나서 눅눅한 계단을 다시 내려갔다.

그리고 몇 시간 후 그릇을 찾으러 갔을 때, 신문지에 싸인 그릇은 깨끗하게 설거지가 된 채 계단 아래에 가지런히 놓여 있었다.

며칠 뒤, 인근 아파트에 배달을 갔다. 김밥과 떡만둣국이었던가. 초인종을 눌렀다. 문을 열고 나온 중년의 여자는 다짜고짜 음식이 늦게 왔다며 다시 가져오라고 화를 냈다. 김밥 포장이 엉망이라며, 떡만둣국이 불어 터졌다며, 지금도 생생히 기억나는 그 한 음절 한 음절 "이.런.걸.누.구.더.러.먹.으.라.는.거.야." 내 가슴에 쾅쾅 못을 박았다. 음식을 도로 철가방에 집어넣고 계단을 내려왔다. 다시 음식을 갖다주고는 가게 구석에서 다 식은 김밥과 떡만둣국을 먹었다.

그릇을 찾으러 갔을 때, 반쯤 남은 떡만둣국과 김치, 단무지, 휴지와 담배꽁초가 함부로 담겨 있는 그릇을 내려다보며 나는 조금 울었던 것 같다. 내 나름으로는, '김가네' 배달원이던 열여덟 살에 본 세상의 맨얼굴이 슬프고 분해 견딜 수 없었다.

얼마 지나지 않아 쪽방촌은 철거됐지만 아파트는 아직도 그 자리에 있다. 그 부부는 어디로 갔을까. 야윈 여자의 숱 없는 머리와 병든 사내의 눈빛을 생각할 때마다 숨골이 저린다. 그들에게 따뜻한 국물과 쫄깃한 면을 가져다주었어야 했는데. 능숙한 방향탐지견처럼 그 집을 찾아냈어야 했는데.

시간을 거슬러 과거로 갈 수만 있다면, 나는 그날 그 쪽방으로 다시 오토바이를 몰고 싶다. 잘 찾아갈 수 있다.

배달 준비

　　일요일 오전 10시, 출근 준비를 한다. 배달 주문이 증가하는 점심 피크타임은 11시부터 2시, 저녁 피크타임은 5시부터 8시까지다. 아무리 피곤하고 때로 귀찮더라도 피크타임만큼은 꼭 놓칠 수 없다.

　　출근하기 전 샤워를 오래 하는 편이다. 집을 나서면 하루 종일 매연과 미세먼지를 온몸으로 맞아야 한다. 목덜미와 손등이 끈적끈적 까매지고, 손톱에 검은 때가 낀다. 샤워를 꼼꼼히 하는 것은 한두 시간만이라도 상쾌한 기분으로 일하기 위해서다. 면도도 하고, 클렌징 폼으로 세수도 한다. 온종일 헬멧 안에서 떡질 머리카락을 위해 샴푸와 트리트먼트, 린스까지 빼놓지 않는다. 드라이기로 머리를 말리고, 얼굴에 스킨과 로션을 바르고, 손목과 귓

불 뒤에 향수도 뿌려 준다. 내가 좋아하는 버버리 위켄드. 스쿠터를 타고 달릴 때 바람결에 퍼진 향기가 코끝에 닿으면 기분이 산뜻해진다.

아침 겸 점심을 간단히 먹는다. 종일 길 위에서 일하려면 든든하게 먹어야 하지만 배달 중에 화장실이 급하면 안 되므로 과식은 금물이다. 샌드위치나 초코바 같은 게 있으면 먹고, 없으면 그냥 컵라면으로 때운다. 빨리 먹을 수 있는 인스턴트가 좋다. 일하다 보면 배고픈 줄도 모른다. 저녁쯤 돼서 중국집, 치킨집, 족발집, 피자집, 낙지볶음집에 픽업 가 음식 냄새를 맡다 보면 그제야 잊고 있던 배고픔이 밀려온다. 꾹 참았다가 퇴근 후에 늦은 저녁을 술과 함께 먹는다. 일종의 보상 행위다.

아점을 먹고 배달 복장을 갖춘다. 나는 배달할 때 주로 낚시복을 입는다. 등산복처럼 기능성을 지닌 아웃도어 옷이라 편하고 막 입기에 좋다. 두꺼운 양말을 신고, 긴바지를 입고, 긴팔 셔츠 위에 바람막이를 입는다. 스쿠터 거치대에 스마트폰을 부착할 수 있게끔 폰 케이스를 자석이 달린 것으로 바꾸고, 보조 배터리를 챙긴다. 스쿠터 배터리에 전기선을 연결해 거치대에서 자동 충전할 수 있는 장비가 있지만, 내 2006년식 배기량 49cc 스쿠터는 그렇게 했다간 방전이 된다. 그래서 어쩔 수 없이 보조 배터리를 챙긴다. 100퍼센트 완충된 스마트폰을 들고 나가면 한 5시간 만에 방전된다. 배달 어플을 계속 켜두는 데다 내비게이션도 실행해야 하기 때문이다. 가끔 전화도 받아야 하고, 배달 음식을 사진 찍어 전송해야 할 때도 있다. 보조 배터리로 충전하면서 서너 시간쯤 더 일하면 하루 목표 금액은 채운다.

이어폰도 챙긴다. 음악을 듣기 위해서가 아니라 내비게이션 음성을 잘 들어야 하기 때문이다. 때로 음식점이나 손님, 고객센터와 전화 통화를 해야 할 때도 바깥의 시끄러운 소음을 차단해 주는 효과가 있다. 노을이 붉게 타는 저녁, 안양천 옆을 달리다가 잠시 스쿠터를 세워 놓고 엄마에게 전화할 때도 이어폰을 끼고 통화해야 엄마의 걱정 어린 잔소리를 더 잘 들을 수 있다. 또 준비할 게 뭐 있을까. 더운 날에는 선글라스와 팔 토시, 버프 등을 챙기고 추운 날에는 털모자, 장갑, 귀도리(귀마개), 핫팩 등을 챙긴다. 이렇게 하면 배달 준비가 끝난다.

스마트폰을 자석 거치대에 부착하고, 헬멧을 쓰고, 스쿠터에 시동을 건다. 배달 어플을 실행하고 '운행 시작'을 누른다. 첫 콜이 언제 울릴까 기다리는 동안은 왠지 모르게 조마조마하다. 10분, 15분, 30분을 기다려도 콜이 울리지 않는 날도 있다. 그럴 땐 배달 주문이 많은 지역으로 이동하기도 하고, 괜히 동네를 몇 바퀴 빙글빙글 돌기도 하고, 별 좋은 날엔 안양천 벤치에 앉아 멍때리기도 한다. 피크타임에 콜이 들어오지 않으면 초조하고 불안하다. 오늘은 다행히 5분 만에 첫 콜이 들어온다. 안양 1번 가에서 돈가스를 픽업해 안양9동으로 가야 한다. 수암천 변을 따라 달리면서 삼덕공원과 병목안 시민공원을 지나가는, 내가 가장 좋아하는 길이다. 첫 배달 가는 길이 신난다. 오늘 하루 일할 맛 좀 나겠다.

배달 계급

배달 기사들을 보통 '라이더'라고 부른다. 하지만 모든 배달 기사들이 다 오토바이를 이용하는 건 아니기 때문에 라이더 대신 '커넥터'라든가 '파트너'로 불리기도 하고, 인터넷에선 '배달러'라고 하기도 한다. 배달 대행을 시작하려면 처음에 운송 수단을 등록해야 한다. 운송 수단이 무엇이냐에 따라 배달이 배정되는 방식도 다르고, 수입도 달라진다. 운송 수단의 차이가 '배달 계급'을 발생시킨다.

최하위 계급으로 도보 배달러가 있다. 말 그대로 걸어서 배달하는 기사들이다. 가까운 거리 외에는 배달을 수행하기가 어렵고, 몸이 고달파 오랜 시간 할 수 없다.

당연히 수입이 적지만 생각보다 많은 사람들이 도보 배달을 하고 있다. 주로 운동 삼아 하는데, 다이어트하면서 용돈도 버니 일석이조긴 하다. 가끔 스쿠터를 타고 달리다가 배달 가방을 등에 짊어진 채 언덕길을 힘겹게 오르는 도보 배달러를 보면 안쓰럽기도 하고 괜히 우쭐해지기도 한다. 도보 배달러가 배달 하나 할 동안 오토바이 라이더는 네다섯 건 할 수 있기 때문이다.

중하위 계급으로 자전거 배달러와 킥보드 배달러가 있다. 오토바이보다는 못하지만 그래도 음식점에서는 도보 배달보다 자전거나 킥보드를 선호한다. 보다 신속하게 이동할 수 있고, 나름 먼 거리도 갈 수 있기 때문이다. 하지만 자전거나 킥보드의 경우 배달 콜이 그리 자주 들어오지 않는 데다가 주행 여건이 좋지 못하다. 무슨 얘기냐 하면, 자전거나 킥보드는 도로법상 인도 주행이 불가능한데, 그렇다고 일반 차도로 다니자니 너무 위험하다. 그나마 자전거 중에서는 전기 자전거가 페달 자전거보다 계급이 높다.

중상위 계급으로 자가 차량 배달러가 있다. 자기 승용차를 가지고 배달을 하는 것이다. 일단 이동 속도가 빠르고, 비나 눈, 바람, 더위와 추위 등 날씨의 영향을 받지 않는다. 음식의 보온 및 보냉에도 유리하다. 무엇보다 가장 큰 장점은 안전하다는 것이다. 어떻게 보면 완벽에 가까운, 가장 럭셔리한 운송 수단이지만 중상위 계급으로 분류한 건 다 이유가 있다. 일단 도로 정체에 취약하다. 저녁 피크타임은 퇴근 러시아워와 겹치는데, 오토바이로 5분이면 갈 거리를 30분 걸리기도 한다. 더 큰 문제는 주차다. 좁은 골목 안이나 유동 인구가 많은 번화가의 식당에 픽업을 가려면 주차가 골치 아프다. 갓길이나 도로변에 잠깐 세워 두고 빨리 뛰어가면 되긴 하지만, 음식이 바로 준비되지 않아 시간이 지체되면 자칫 딱지를 끊을 수도 있다. 배달비 5천 원 벌려다가 과태료 5만 원을 물면 열심히 일한 게 다 물거품이 된다. 아파트 출입할 때도 복잡하다. 외부 차량은 입구에서 차단기가 가로막는데, 경비실과 소통이 잘 되지 않으면 하염없이 기다려야 하는 경우도 생긴다. 그때 오토바이는 유유히 차단기 옆으로 통과해 단지로 들어간다. 차량 배달은 장점만큼이나 단점도 뚜렷하다. 기름값도 무시할 수 없다.

　　최상위 계급은 역시 오토바이다. 꽉 막힌 도로나 좁은 골목도 요리조리 빠져나갈 수 있어 이동이 신속하고, 주차나 아파트 단지 출입 또한 자유로운 편이다. 배달 대행 시장 자체가 오토바이를 기준으로 형성돼 있다 보니 여러 부분에서 시스템의 혜택을 받을 수 있다. 모든 운송 수단 중 압도적인 기동성을 뽐내므로 수입 또한 타 수단과 비교 불가다. 오토바이 중에서도 계급이 나뉘는데, 50cc 미만 스쿠터는 하층에 속한다. 125cc 이상 빅 스쿠터나 바이크야말로 배달 카스트 제도의 브라만 계급이라 할 수 있다. 대부분 전업 배달 라이더들이다. 우렁찬 배기음과 함께 부앙, 하고 달려 나가는 오토바이를 보며 '나도 좋은 오토바이 타면 두 배는 더 벌 텐데' 입맛을 다시곤 한다. 그런 오토바이들은 스마트폰이나 스마트패드를 서너 개씩 장착하고 여러 업체의 콜을 한꺼번에 받는다. 2006년식 49cc 스쿠터를 타는 나로서는 감히 엄두도 못 낼 수준이다.

오토바이는 수익이 보장되지만 안전은 보장되지 않는다. 위험하다는 게 오토바이의 가장 큰 단점이다. 아무리 작은 사고라도 치명적인 부상으로 이어질 수 있다. 배달 기사들의 사망 사고가 뉴스에 종종 보도되는데, 99.9퍼센트가 오토바이다. 빗길과 눈길, 폭우, 폭염, 강추위, 미세먼지 등 날씨의 영향도 많이 받는다. 또 오토바이는 보험 가입부터 보상까지의 절차가 까다롭다. 보험사들이 보험 상품은 만들어 놓고는 정작 오토바이의 보험 가입이나 보상을 꺼리기 때문이다. '딸배'라고 하는 세간의 따가운 눈총도 감내해야 한다. 오토바이 배달 라이더들이 자초한 면도 있지만, 일부의 잘못으로 전체를 싸잡는 지나친 비난과 혐오가 야속하기도 하다.

재미 삼아 나눠 보긴 했지만, 배달에 계급이 어디 있겠나? 배달에는 계급이 없다. 다이어트 삼아 하든 남는 시간에 용돈벌이로 하든 퇴근길에 취미로 하든 투잡으로 하든 절실한 밥벌이로 하든 다 자기 앞의 생을 치열하게 살아가는 사람들이다. 남은 죽었다 깨나도 모르는 자기 사정으로 배달을 하는 이들이다. 경쟁자가 아니라 이웃이고 동료다.

하루는 동네 피자집에 배달하러 갔는데, 내가 스쿠터에서 내리는 동안 우렁차고 묵직한 자동차 배기음이 들려왔다. 고개를 돌려 보니 반짝반짝 광채 나는 파란색 마세라티가 피자집 앞에 비상등을 켜고 멈춰 서는 것이었다. 이윽고 차에서 한 아주머니가 내렸다. 아주머니는 나를 따라 피자집에 들어오면서 "쿠팡이요!" 외쳤다. 마세라티나 49cc 스쿠터나 다 같은 민족이다.

인세 들어온 날

점심 배달을 하는데 '띠링' 하고 알림음이 울린다. 계좌에 돈이 들어왔다. 40,240원. 문학수첩 출판사로부터 첫 시집 『오늘의 냄새』 작년 한 해 분 인세가 들어온 것이다. 2017년에 낸 이 시집은 2쇄를 간신히 찍었다. 계산해보니 지난 1년 동안 50권 정도 팔린 모양이다. 정가 8천 원에 저자 인세 10퍼센트니까 1권 팔릴 때마다 800원 번다. 1년 동안 시집 50권 팔아서 40,240원 벌었다.

아, 피크타임에 배달 2시간만 하면 4만 원은 버는데…… 이럴 때 유혹이 생긴다. '문학이고 뭐고 다 그만둘까' 하는. 인세 들어온 김에 배달 어플을 잠시 끄고 점심 먹으러 왔다. 안양의 오래된 중국집 '복무춘'이다. 한 그릇에 4천 원 하는 짜장면만 먹으려다 인세 들어온 김에 탕수육도 시켰다. 이거 먹고 나서 근처 카페에 가 커피도 사 마실 거다. 인세 들어온 김에!

얼마 전 낸 두 번째 시집 『사랑이라는 신을 계속 믿을 수 있게』는 어떻게 될까? 2쇄 간신히 찍은 첫 시집의 비운을 반복할까? 사람들은 배달 수수료 8천 원은 얼마든지 내지만, 1만 원짜리 시집 한 권은 좀처럼 읽지 않는다. 물론 내 시집이 국밥 한 그릇이나 짜장면 한 그릇만큼의 가치가 있는지는 잘 모르겠다. 하지만 배달 2시간에 4만 원 번 것보다 1년 동안 시집 50권 팔려서 4만 원 번 게 더 기쁘다.

내년엔 인세로 팔보채라는 고급 요리를 먹을 수 있게, 독자 여러분, 제 시집 좀 많이 읽어 주세요!

돈을 벌기 위해서라면
다른 일을 하면 되지 않느냐고, 하고많은 일들 중에
왜 하필 배달이냐고 묻는 사람도 있다.
나는 그에게 이렇게 답한다.
"아무 생각도 들지 않아서"라고.

배달하는 마음

배달 라이더 일을 시작했다고 SNS에 알리니 사람들로부터 관심과 주목을 받았다. 대체로 "힘내라"는 반응이었다. 생계의 어려움이 국문학 박사이자 대학 강사이자 시인인 서른여덟 총각을 찬바람 부는 길 위로 내몰았다고, 가엾게 여기는 것이었다. 사람들은 대개 그런 식의 페이소스가 있는 이야기를 좋아하기 마련이다. 나도 내 자신이 시 쓰는 배달 라이더, 배달하는 대학 강사 등으로 스토리화되는 게 싫지만은 않다. 덕분에 이렇게 책도 내게 되었고.

걱정해 주고 안쓰러워해 주는 많은 분들에게 감사하다. 하지만 나는 나를 가엾이 여기지 않으려 한다. 물론 생활이 어려워 스쿠터를 타게 된 건 맞다. 그래서 때때로 서글프기도 하다. 박사 학위까지 받아 놓고 배달 일을 하는 나 자신이, 시간 강의로는 도저히 먹고살 수 없는 인문학 전공자의 삶이, 이런 구조를 만든 대학과 사회가 환멸스러울 때도 있다. 그러나 그런 우울감이나 분노, 자기연민이 들려 할 때마다 '이 일은 내가 나를 위해서 하는 일'이라고 생각을 고친다. 배달 라이더는 내가 '나'를 지키기위해, '나'를 유지하기 위해 선택한 일이다.

글쓰기와 대학 강의가 본업이지만, 본업 못지않게 중요한 게 취미와 여가 생활이다. 나는 낚시와 여행을 즐긴다. 글쓰기가 답답할 때 탁 트인 자연으로 가 맑은 숨을 영혼에 담아 오면 막혔던 글이 트인다. 강의하고, 학생들 과제 피드백해 주고, 시험 문제 출제하고, 성적 입력하고, 다음 학기 강의 준비를 반복하는 강사 생활은 사람을 피폐하게 하는데, 가끔씩이라도 거기서 벗어나야 내가 산다. 낚시나 여행으로 스트레스를 풀어야 학생들에게 더 좋은 수업을 제공할 수 있다. 사람은 일만 하며 살 수 없다. 특히 나 같은 쾌락주의자, 호모 루덴스는 더욱 그렇다.

낚시 안 가고 여행 안 다니면 돈을 절약할 수 있다. 원고료와 강의료만으로 최소한의 생활은 유지할 수 있다.

하지만 내가 사랑하는 것들의 총합이 '나'라면, 나는 내 취향과 개성을, '나'를 포기하고 싶지 않았다. 배달은 구속이나 제약이 덜한 일이라서 글쓰기, 그리고 강의와 병행할 수 있다. 나는 돈 벌면서 취미도 즐기고, 문학도, 학생들을 가르치는 일도 결코 포기하지 않을 것이다. 그게 내가 배달 라이더를 하는 이유다.

돈을 벌기 위해서라면 다른 일을 하면 되지 않느냐고, 하고많은 일들 중에 왜 하필 배달이냐고 묻는 사람도 있다. 나는 그에게 이렇게 답한다. "아무 생각도 들지 않아서"라고. 배달 라이더는 내가 잃어버린 삶의 단순함을 회복시켜 줬다. 이 일에 좀 더 근사한 의미를 부여하자면 나는 '단순함의 미학'이라 말하고 싶다.

스쿠터를 타고 달리는 동안에는 정말 아무 생각도 안 든다. 식당에 가 음식을 받아서 배달 장소로 갖다주는 단순노동의 반복이다. 시와 문학평론을 쓰고, 여러 매체에 산문을 연재하는 문장 노동자의 생활, 학사 일정과 강의 계획에 파묻혀 지내는 강의 노동자의 생활, 이 두 협소한 활자의 세계, 지식의 세계는 숨 막힐 듯 답답하고 복잡하고 추상적이고 관념적이다. 반면 배달 라이더의 세계는 단순하고 간단하고 명료하다. 프로그래밍된 야생의 본능

대로 태어나 사냥하고 번식하고 싸우고 살다 죽는 저 들판의 늑대처럼 살고 싶을 때가 있다.

비록 빠른 속도는 아니지만 스쿠터를 타고 바람 속을 달리면 기분이 좋다. 작년 한 해 동안 본 가장 아름다운 저녁놀도 배달 길에 본 것이었다. 살면서 그런 빛깔을 몇 번이나 볼 수 있을까. 방 안에서 글 쓰고 책 읽고 있었다면 못 봤을 텐데, 그 아름다움을 모르고 살았을 텐데, 건강한 몸으로 길 위에서 일할 수 있음에 감사하다. 이게 나의 '배달하는 마음'이다.

한턱 쏴

-백순대

2부

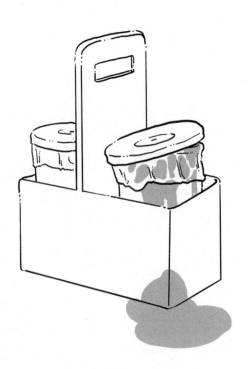

레모네이드

9월의 햇빛에는 8월보다 더 뜨거운 데가 있다. 이제 끝나 가는 여름이 마지막 힘을 짜내서 열기를 뿜어내기 때문일까? 매미들도 지상에서의 노래가 얼마 남지 않았음을 안다는 듯 더 요란하게 울어댄다. 아스팔트 도로는 이글거리고 헬멧 안은 찜통이다. 자동차 매연이 얼굴과 목덜미에 끈적하게 달라붙는다. 긴팔 옷을 입으면 덥고 반팔을 입으면 햇빛에 닿는 살갗이 따갑다. 그래서 긴팔 셔츠를 입고 소매를 걸었다가 내렸다가 한다.

이런 계절에는 시원한 간식거리를 찾는 손님들이 많다. 팥빙수, 아이스크림, 차가운 버블티, 아이스커피, 생과일주스 등이 인기다. 그런데 여름날 음료 배달은 조심스럽다. 보냉 가방에 넣어서 배달한다고 해도 찜통더위에 얼음이 녹거나 미지근해질 수 있기 때문이다. 사실 음료 자체가 배달하기에 좀 까다롭기도 하다. 대부분 매장에서 포장을 꼼꼼하게 해 주지만, 간혹 포장이 헐겁게 된 경우에 골치 아픈 일이 생긴다. 과속방지턱을 넘다가, 갑자기 차선 변경을 하는 버스를 피하다가, 노란불에 급정거하다가, 움푹 팬 도로를 지나다가 스쿠터가 이리저리 흔들리면 음료가 쏟아져 버리는 것이다.

뜨거운 9월의 첫 토요일 오후, 안양역 패스트푸드점에서 배달 콜이 들어왔다. 프랜차이즈 패스트푸드점은 사실 좀 피하고 싶다. 다른 곳에 비해 배달료가 적기도 하고, 주문이 밀려 음식을 한참 기다려야 하는 경우도 잦기 때문이다. 하지만 제일 신경 쓰이는 건 음료 포장이 튼튼하지 못하다는 점이다. 뚜껑에 랩을 씌워 주는 다른 가게들에 비해서 이곳 패스트푸드점은 음료 컵 위에 비닐 포장지를 실링하는 방식이다. 이 비닐 실링은 아무리 운전을 조심히 하더라도 컵 안의 음료가 찰랑거려 물기가 닿으면 접착이 약해지곤 한다. 그래도 배달 콜을 거절하면 수락률이 떨어져 내 라이더 평점이 낮아지기에 들어오는 콜은 웬만해서 다 받으려고 한다. 빨리 음식을 드시고 싶을 손님들 입장도 생각해야 하고.

패스트푸드점에서 음식을 받아 보냉 가방에 실었다. 햄버거 세트와 레모네이드였다. 음료 배달을 위해 보냉 가방 안에 새로 장착한 컵홀더에 레모네이드를 고정시켰다. 목적지는 박달동의 한 아파트 단지, 높은 과속방지턱이 많아 조심해야 하는 구간이다. 스쿠터에 시동을 걸고 달리기 시작했다. 10분쯤 걸리는 거리다. 과속방지턱 한 개, 두 개 살살 넘다가 배달 어플 화면을 보니 고객에게 안내되는 배달 예상 도착 시간이 임박해 있다. 음식을 받자마자 출발했는데도 이렇게 촉박할 때가 있다. 저 앞에 별로 높아 보이지 않는 과속방지턱은 그냥 빠르게 넘기로 했다.

"덜컹, 쿵, 우당탕탕" 낮은 줄 알았는데 꽤나 높았다. 과속방지턱을 넘는 소리가 요란했다. 레모네이드가 걱정이 됐지만 컵홀더를 굳게 믿었다. 그런데 아파트에 거의 다 도착할 무렵 어디선가 달짝지근한 냄새가 나기 시작했다. 어릴 적 학교 앞에서 사 먹던 달고나 냄새…… 설탕 녹이는 달달한 냄새에 기분이 좋아졌다가 문득 불길한 예감이 들어 배달 가방을 열어 보니, 아니나 다를까 음료 포장이 1센티미터 가량 뜯어져 있고, 그 틈으로 레모네이드가 넘쳐흘러 스쿠터 머플러에 '칙, 치익, 칙' 한 방울씩 떨어져 내리고 있었다. 달달한 달고나 냄새는 달궈진 머플러에 레모네이드가 눌어붙는 냄새였다. 아, 망했다.

'이걸 어쩌지?' 하는 그때, 눈앞에 슈퍼마켓이 보였다. 유레카! 불행 중 다행으로 얼음은 아직 그대로 있었다. 슈퍼마켓에 들어가 레모네이드를 한 병 샀다. '원 플러스 원'이라서 한 병 더 집었다. 물티슈로 음료 컵을 닦아내고, 포장 실링이 벌어진 틈으로 레모네이드를 부어 넣었다. 한 병이 거의 딱 맞게 들어갔다. 아, 살았다.

손님에게는 전화로 사정을 말씀드렸다. 흔쾌히 양해해 주셔서 얼마나 감사했는지 모른다. 어렵게 복원한 레모네이드와 햄버거 세트를 무사히 배달하고, 아파트 현관을 나와서야 가슴을 쓸어내렸다. 화단 벤치에 앉아 헬멧을 벗었다. 더위 때문인지 긴장한 탓인지 땀이 비처럼 흐르고 있었다. 길에다 버린 레모네이드만큼 나도 땀을 한 300밀리리터쯤 흘린 것 같다. 달달한 냄새가 진동하는 내 주변으로 초파리들이 자꾸만 윙윙대며 성가시게 했지만, 상관없었다. 어렵사리 배달을 마치고 얻은 잠깐의 평화를 온전히 누리고 싶었다. 매미가 요란하게 울어대는 나무 그늘 아래 앉아 한 병 남은 레모네이드를 벌컥벌컥 들이켰다. 어지간히 목이 탔던 모양이다. 이따금 시원한 바람도 불어오는 늦여름 오후, 레모네이드풍으로 쏟아지는 햇살을 맞으며 나는 잠시나마 이국 휴양지에 온 듯한 기분이 됐다. 닭발집 배달 콜이 울리기 전까지 말이다.

"동수야, 착하지? 동수야, 예쁜 동수야.
말 좀 잘 듣자."

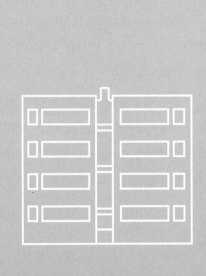

동수야

"동수야!"

배달 아르바이트를 하면서 내가 자주 부르는 이름이
다. '동수'는 내 친구가 아니다. 내가 아는 사람 중에 동수
라는 이름은 없다. 그런데도 나는 스쿠터를 타고 달리면
서 자꾸 "동수야!" 하고 부른다.

'동수'는 사람 이름이 아니라 아파트 '동수'다. 101동,
102동 하는 그 동수 말이다. 내가 왜 동수를 자꾸 부르냐
면, 이 동수가 말을 진짜 안 듣기 때문이다.

주변 친구들은 배달을 할 때 주소 찾기가 어렵지 않
느냐고 물어본다. 요즘은 오토바이에도 핸드폰을 자석 거
치대에 부착할 수 있어서 내비게이션을 편하게 이용할 수
있다고 대답한다. 그러면 친구들은 "하긴, 요새는 거의 다

아파트에 사니까 주소 찾는 건 간단하겠네"라고 말한다. 그런데 일반 주택이나 빌라보다 아파트 주소 찾는 게 더 힘들다. 우리나라 아파트 구조가 이상해도 너무너무 이상한 탓이다.

순살 치킨 반반에 감자튀김 세트. ○○아파트 105동 1201호. 정문에 들어서자마자 101동이 보이고, 옆에 102동, 103동, 104동이 차례로 서 있다. 그러면 그다음엔 105동이겠지? 그런데, 엥? 뭐야? 뜬금없이 107동, 108동이 나타난다. 반대쪽으로 가 보자. 스쿠터를 돌렸더니 어이없게도 121동, 122동이다. 손님에게는 라이더가 이미 도착한 것으로 알림이 갔을 텐데 좀처럼 음식이 오질 않으니 얼마나 답답할까? 미치겠네, 미치겠어! 마음이 급해진다. 핸드폰 내비게이션 지도를 확대해 보니 109동 옆, 저쪽 구석에 있다.

아파트 설계한 사람이 산수를 할 줄 모르는 게 분명해. 다 같은 건설사에서 지었나? 그런 것도 아닌데 어떻게 이럴 수가 있지? 숫자 개념 따위 무시해 버리는 아파트가 한두 곳이 아니다. 아예 정문에 들어가자마자 106동부터 시작하는 아파트도 있고, 101동 옆에 111동이 있는 아파트도 있다. 그러다 보니 아파트까지 다 와서는 동을 찾

지 못해 단지를 빙글빙글 돌다 배달이 늦어지는 경우가
더러 생긴다.

그래서 아파트 단지로 배달을 갈 때면 "동수야!" 부
른다. "동수야, 착하지? 동수야, 예쁜 동수야. 말 좀 잘 듣
자." 혼자 중얼거리면서, 103동 다음에 104동이기를, 107
동 다음에 108동이기를 간절히 기도하며 달리는 것이다.
"동수야! 제발 나 좀 도와줘!"

호두과자

"이병철 파트너님이시죠?"

"네, 맞는데요."

"지금 수행 중인 배달건 완료하시고 회수건 하나만 처리해 주실 수 있으실까요? 잘못 배달된 건인데, 음식 회수하시고서 파트너 지원센터에 회수 완료했다는 연락 한 번만 주시면 돼요. 회수비는 별도로 지급해 드리고, 회수한 음식은 파트너님께서 알아서 처리하시면 되고요."

드디어 나에게도 '회수건'이 왔구나. 회수건은 음식이 다른 주소로 잘못 배달되거나 음식점 실수로 고객이 주문한 것과 다른 메뉴가 배달되는 경우 음식을 수거하는 일이다. 일반 배달과 똑같이 거리 계산해서 운임료가 지급되고, 음식이 상하거나 파손되지 않았으면 공짜로 먹을 거리가 생기니 마다할 이유가 없다.

점심도 거른 토요일 오후, 회수건을 처리하기 위해 평촌의 한 아파트로 가는 동안 즐거운 상상이 구름처럼 뭉게뭉게 피어오른다.

잘못 배달된 음식이 뭘까? 짜장면이면 얼마나 좋을까? 쌀국수나 파스타 같은 것도 좋지. 제육덮밥도 대환영이야. 돈가스면 더 좋고. 공원 나무 그늘 아래 앉아서 맛있게 먹어야지. 아, 치킨이나 피자면 잘 챙겨 뒀다가 이따 일 마치고 집에 가서 맥주랑 먹어야겠어. 초밥이나 김밥이면 집에 들러 냉장고에 바로 넣어 놔야지.

설레는 마음으로 엘리베이터에 오른다. 엘리베이터 문이 열리고, 회수해야 할 음식이 저기 보이는데, 이게 뭐야? 작아도 너무 작잖아. 기대했던 짜장면, 돈가스, 치킨은 보이질 않고, 손바닥만 한 종이 박스 하나가 덩그러니 놓여 있다. 그것의 정체는 바로 호두과자. 아, 호두과자도 우리 민족이었어…… 기대는 금세 실망으로 바뀌어 버린다.

공짜 좋아하면 머리 벗겨진다던데, 나는 머리숱 많아 탈모 걱정은 안 해도 되니까 기왕이면 호두과자 말고 치킨이나 족발일 것이지. 왜 하필 호두과자야.

가난한 연애의 시절을 함께 보낸 옛 연인은 호두과자를 참 좋아했다. 호두과자를 떠올리면 가진 것 없어도 행복했던 날들의 추억이 노릇노릇한 냄새를 풍긴다. 어디론가 떠나거나 혹은 집으로 돌아올 때 먹는 '설렘'의 음식이다. 여름의 여울로, 단풍 물든 숲으로, 겨울 바다로 낭만을 찾아 떠날 때 꼭 고속도로 휴게소에 들러 호두과자를 사 먹곤 했다. 베지밀과 함께, 참 맛있게 먹었다.

열다섯 개 들어 있으면 기어코 내가 여덟 개 먹었는데, 더 먹은 호두과자 한 개는 이제 그리움의 음식이다. 늦여름 뙤약볕이 쨍쨍 내리쬐는 주말 오후, 아파트 주차장에서 종이에 싸인 호두과자를 몇 개 까서 먹는다. 음료수도 없이 먹으려니 목이 메긴 하지만, 팥앙금과 호두 알갱이를 꼭꼭 씹으면서, 추억도 이따금 삼키면서 첫 회수 임무를 달달하게 마친다. 그래, 지난 추억은 다 달달해. 호두과자와 함께 오래전 잃어버린 추억도 하나, 같이 회수한다.

정지선에 멈춰 선 채 신호 대기 중인 라이더들은
오늘도 눈치게임을 한다.

눈치게임

안양 1번가 동대문엽기떡볶이에서 떡순튀 세트를 픽업해 평촌 은하수아파트에 배달 가는 동안 평촌역 홍콩반점에서 다음 콜이 들어온다. 은하수아파트에 음식 갖다 주고, 홍콩반점에서 짬뽕과 탕수육을 픽업해 비산동 래미안아파트에 배달 가는 동안 60계치킨 비산대교점으로부터 다음 콜이 또 들어온다. 이렇게 픽업지와 배달지, 다음 픽업지와 배달지의 동선이 계속 꼬리를 물면서 픽업하고, 배달하고, 픽업하고, 배달하고를 반복한다. 주말에는 이 반복이 계속 이어져 눈코 뜰 새 없이 바쁘다. 바쁠수록 돈을 더 버니 당연히 좋다.

건당 4천 원, 5천 원짜리 콜이 계속 들어오는데, 갑자기 9,800원짜리가 들어오면 심장이 뛰고 아드레날린이

분비된다. 이때 조심해야 한다. 무심코 배달 수락을 눌렀다가 소위 '유배지'라 불리는 장거리 배달에 당첨되면 하루 일진이 꼬이기 때문이다. 비싼 배달료에 군침이 돌긴하는데…… 멀리 배달 가서 한 건에 많이 버는 게 나을까? 단가는 낮아도 가까운 거리 배달을 몇 건 더 할까?

배달 라이더의 고뇌는 여기서 시작된다. 거리가 멀수록 거리 할증이 붙어 배달비가 높게 책정된다. 그런데 손님이 굳이 집 앞 가까운 식당이 아니라 멀리 떨어진 곳에서 음식을 시키는 이유는 무엇일까? 집 주변에 맛집이 없기 때문이다. 맛집이 없으면 배달도 없다. 20분 걸려서 배달했는데 근처에 인기 있는 식당이 없어 다음 콜이 안 들어온다. 그러면 다시 20분을 운전해 번화가로 와야 한다. 40분 동안 한 건 해서 9,800원 버는 것보다 40분 동안 두 건 해서 9,800원 버는 게 차라리 낫다. 멀리까지 다녀오는 길은 대개 차들이 쌩쌩 달리는 대로인 경우가 많고, 스쿠터도 장거리 운전은 피곤하다.

역 주변이나 번화가에서 배달 라이더들이 쉴 새 없이 달리는 건 배달 주문이 많아서다. 정지선에 멈춰 선 채 신호 대기 중인 라이더들은 오늘도 눈치게임을 한다. 마치 쇼트트랙 선수들처럼 자신만의 전략을 머릿속으로 구상 중이다. 나도 머릿속이 복잡하다. 장거리냐 단거리냐, 크게 한 방이냐 아니면 '짤짤이'로 치고 빠지기냐 그것이 문제로다!

한여름의 마라톤

40만 원 주고 산 2006년식 중고 스쿠터는 늘 불안하다. 언제 엔진이 멈춰도 이상할 게 없을 만큼 낡았기 때문이다. 그래도 지난가을과 겨울을 잘 버텨 주었다. 겨울에 시동이 잘 안 걸려 애를 먹은 일이 종종 있긴 했지만, '킥스타터'를 발로 수십 번 세차게 밟으면 '덜덜덜' 하며 겨우 시동이 걸리곤 했다. "오늘도 무사히"는 안전 운전을 기원하는 말이지만, 내게는 그 의미가 좀 다르다. 스쿠터가 고장 나지 않기를 바라면서 나는 오늘도 "제발 무사히!"를 외친다.

스쿠터가 고장 나면 일을 할 수 없는 데다 수리비까지 깨진다. 더 심각한 건 배달 중에 고장 나는 상황이다. 운송 수단이 고장 나거나 연료가 부족해 배달을 정상적으로 수행하지 못할 경우 본사를 통해 해결할 수 있는 방법이 있긴 하지만, 주문한 음식이 오기만을 오매불망 기다리는 손님 입장을 헤아리면 결코 있어서는 안 될 일이다.

그런데, 그 결코 있어서는 안 될 일이 일어나고 말았다. 얼마 전 초여름 오후, 첫 배달 콜이 울렸다. 석수동의 한 아파트에 비조리 상태(재료, 육수, 양념 등이 따로 포장되어 손님이 직접 집에서 조리해 먹을 수 있게 하는 배달 방식) 샤부샤부를 배달하러 가는 길, 갑자기 스쿠터가 덜덜거리더니 그만 도로에서 멈춰 버리고 말았다. 길가로 스쿠터를 밀고 가서는 킥 스타터를 끊임없이 밟아 봤지만 소용없었다. 어쩌면 좋을까.

배달 목적지까지 남은 거리는 1.5킬로미터. 배달 예상 도착 시간까지는 10분이 남은 상황이다. 어쩔 수 없다. 스쿠터를 안전한 곳에 세워 둔 채 달리기 시작했다. 내 저질 체력은 1킬로미터 뛰는 데 10분쯤 걸리는데, 1.5킬로미터를 주파하려니 죽을 맛이었다. 가쁜 숨이 차오르고, 심장이 터질 것 같았다. 뜨거운 6월의 뙤약볕이 정수리에 전동 드릴처럼 박혀들고, 온몸이 땀으로 젖었다.

간신히 도착한 아파트, 엘리베이터 거울에 비친 내 모습은 사람 형상이 아니었다. 길게 늘어진 치즈 혹은 푹

삭은 묵은지처럼 보였다. 예정 도착 시간을 3분 넘겨 문 앞에 음식을 내려 두고서야 땀을 닦았다. 더는 일할 수 없을 것 같아 '운행 종료'를 눌렀다. 다시 스쿠터를 세워 둔 곳까지 걷다가 기다가, 한여름의 마라톤을 완주한 나는 스쿠터를 밀며 집으로 돌아갔다. 쇠똥구리처럼. 혹은 망가진 기계처럼. 망가진 건 스쿠터가 아니라 나였다. 배달료 6천 6백 원이 그날의 수입이었다.

피자집인데 육회집입니다

배달 음식 전성시대인지라 배달만 전문으로 하는 음식점들이 많이 생겼다. 한 음식점이 상호를 여러 개 등록해 놓고 다양한 메뉴를 한꺼번에 팔기도 한다. 예를 들면 아귀찜집인데 찜닭도 하고, 감자탕도 하고, 순대곱창전골도 하는 식이다. 주문서에는 ○○쌀국수라고 되어 있는데 막상 가 보면 ○○국밥이라는 간판을 달고 있거나 아예 간판조차 없는 경우도 많다. 어차피 홀 장사는 안 하고 배달 장사만 할 테니 가게 인테리어를 새로 하지 않은 것이다. 겉은 피자집인데 안에서는 육회를 썬다. 이렇다 보니 배달 라이더들이 가게를 못 찾아 헤매는 일이 종종 생긴다.

김치찜집인데 막상 가 보면 덮밥집, 떡볶이집인데

마라탕집, 토스트집인데 돈가스집, 생선구이집인데 부대찌개집이다. 최소한 가게 문 앞에 대충 종이로라도 써 붙인 곳은 그나마 낫다. 겉에서 보면 이게 무슨 물류창고인지 사무실인지 공장인지 알 수 없는 비밀스런 곳들도 많다. 그런 가게들은 우동과 주꾸미볶음과 연어회를 함께 판다. 나는 이태리 정통 파스타집에서 파는 도가니수육, 병천순대집에서 파는 고르곤졸라 피자, 삿포로식 라멘집에서 파는 불냉면, 갈비탕집에서 파는 탕수육을 배달해봤다.

어쩌면 비대면 시대의 웃픈 풍경이 아닐까? 하긴 나도 그런 음식점들처럼 겉과 속이 다르기도 하고, 사람들에게 알려진 '간판'과 실체 사이에 간극이 있기도 하다. 겉으로 볼 땐 무슨 운동선수나 건설 현장 노동자같이 체구가 건장한데 시인이라고 하면 다들 놀란다. 시인인데 전문가 수준의 낚시인이라고 하면 안 믿는다. 박사 학위를 받고 대학에서 학생들을 가르치는데 배달 라이더로 일한다고 하면 또 놀란다.

하긴 간판이나 상호명이 뭐 중요한가. 맛만 있으면 되지! 이름만큼 본질을 속이기 쉬운 장치가 또 없다고 새삼 생각한다. 이병철인데 이병철 아닙니다. 나도 순대집에서 파는 피자만큼 의외의 반전을 지닌 사람이고 싶다.
만두와 우동과 주꾸미볶음과 떡볶이와 연어회를 다 맛있
게 만들어 파는 가게마냥 문학도 강의도 낚시도 배달도
다 잘하고 싶다.

한 번에 한 집만

배달 어플끼리도 경쟁이 치열하다. 업계 판도를 뒤흔든 건 쿠팡이츠의 '단건 배달'이다. 여러 집을 거쳐 오는 묶음 배달이 아니라 한 번에 한 집만 배달하는 시스템이다. 식당이나 소비자 입장에서는 반길 수밖에 없다. 여러 집을 거치느라 음식이 늦게 도착하거나 식기라도 하면 소비자는 피해를 보는 게 아닌가. 소비자의 불만은 고스란히 식당에 대한 평가로 이어진다. 요즘 배달 어플 별점과 리뷰는 식당의 목숨 줄이나 마찬가지다.

단건 배달로 주문한 소비자는 배달 라이더의 실시간 위치를 확인할 수 있다. 다른 곳에 들렀다가 오진 않는지, 오다가 갑자기 한참 동안 멈춰 서진 않는지 감시할 수 있는 것이다. 단건 배달을 위반하여 적발된 라이더는 본사로부터 징계를 받는다. 라이더 계약이 아예 해지되는 경우도 있다. 배달 라이더들은 당연히 묶음 배달을 선호한다. 인접한 픽업지와 전달지를 묶어 여러 건을 한 번에 수행해야 많은 수입을 올릴 수 있기 때문이다. 쿠팡이츠에 이어 배달의민족도 '배민ONE(배민원)'이라는 단건 배달 시스템을 도입했다. 그러자 수입이 줄어든 배달 라이더들의 불만이 터져 나오기 시작했고, 결국 소비자와 배달 라이더 양쪽의 이해관계를 절충하려다 보니 배달비가 상승했다. 단건 배달이 배달비 급등을 촉발시킨 것이다.

묶음 배달은 배달 업계의 관행이라 할 수 있는데, 소비자는 불만스럽다. 우선 음식이 빨리 오길 바라기 때문이고, 배달비 내고 시켜 먹는 것이니만큼 배달 기사가 당연히 내 음식에만 충실해야 한다고 여기기 때문이다. 주문한 음식이 늦게 도착하면 소비자는 묶음 배달을 의심한다. 여러 집 거쳐서 오느라 늦게 갖다준 게 아닌가 생각하는 것이다.

음식을 기다리는 소비자들의 간절한 마음을 알기에, 또 '내 돈 내 산'에 대한 권리의식을 이해하기에 나는 한 번에 한 집만 배달하는 단건 배달만 한다. 쿠팡이츠나 배민원 주문이 아니더라도 묶음 배달은 하지 않는다. 배달을 시작하고 한 2주 정도 지나 일이 좀 익숙해졌을 때, 묶음 배달을 해 봤다. 1.5배 정도 돈을 더 벌 수 있었지만, 정말 물 한 모금 마실 틈도 없이 배달만 해야 했다. 정신없었다. 사람이 할 짓이 아니었다.

수제버거집에서 단건 배달 콜이 들어왔다. 픽업지는 안양역이고 배달지는 명학역 부근이었다. 그날은 단건 배달만 해 하루 나절 동안 9만 2천 원쯤 벌었는데, 보험료랑 세금 떼면 8만 5천 원쯤 될 거라 욕심이 생겼다. 10만 원을 채우고 싶었다. 시간은 벌써 밤 11시가 가까운 시간, 차도 안 막혀서 금방 왔다 갔다 할 수 있을 테니 한 번에 두 건을 해 보기로 했다. 수제버거를 픽업해서는 다른 가게에서 짬뽕도 실었다. 버거야 뭐 조금 식을 수는 있어도 면은 불면 안 되니까 짬뽕부터 배달하자고 생각했다. 짬뽕 배달지는 박달동. 수제버거 배달지인 명학역은 안양6동인데, 반대 방향이긴 해도 빨리 가면 충분히 예상 도착시간 안에 배달할 수 있을 것 같았다. 그렇게 짬뽕을 먼저배달하고, 수제버거를 갖다주러 갔는데, 골목 안쪽에 겹쳐져 있는 연립주택이라 찾기가 어려웠다. 결국 주문한손님이 골목 앞으로 나와 음식을 받았다.

"다 와서 좀 헤맸어요. 찾기가 너무 힘들어서."라고

말하는 내게 손님은 "이거 단건 배달 아닌가요? 어플로 보니까 박달동 갔다가 오신 것 같던데, 그러면 안 되는 거 잖아요." 항의했다. 나는 연신 죄송하다고 사과했다. 그 일 이후 나는 묶음 배달을 완전히 포기했다. 산타클로스의 선물을 기다리는 마음으로, 치킨에 대한 순정으로, 피자에 대한 사랑으로, 수제버거에 대한 로망으로 배달이 오기만을 설레어 기다리는 손님들에게 해서는 안 될 짓이라는 생각이 들었기 때문이다. 한 번에 한 집만 가자. 그게 덜 위험하고, 나도 마음 편하다. 나는 고객의 '설렘'을 배달하는 사람이다.

콜 하나에 음식 하나 싣고 배달하고,
완료하면 곧장 다음 콜 받아서 또 배달하고.
그렇게 반복하면 한 시간에 서너 건 해서
1만 5천 원~2만 원쯤 벌었다.

만나서 현금 결제

배달 라이더 거의 대부분이 '배달의민족(배민) 커넥터' 혹은 '요기요', 또는 '쿠팡이츠 배달 파트너'로 일을 시작하게 된다. 그만큼 세 업체가 배달 어플 시장을 거의 점유하고 있다. 나는 쿠팡이츠 파트너로 시작해 배민 커넥터도 함께 하고 있다. 이륜차 책임보험만 가입하면 바로 배달을 할 수 있는 쿠팡이츠에 비해 배달의민족은 보험 가입 심사 절차가 보다 복잡해서 처음 일을 시작하려면 시간이 걸리는 편이다. 그래서 내 경우엔 배민 커넥터 활동 승인이 날 때까지 쿠팡이츠에서만 일을 했다.

지금은 두 어플 다 통일됐지만, 예전에는 시스템에 약간 차이가 있었다. 쿠팡이츠는 단건 배달이 원칙이고, 모든 주문은 어플에서 선결제되는 방식이었다. 그래서 편했다. 콜 하나에 음식 하나 싣고 배달하고, 완료하면 곧장 다음 콜 받아서 또 배달하고. 그렇게 반복하면 한 시간에 서너 건 해서 1만 5천 원~2만 원쯤 벌었다. 선결제 방식이므로 고객과 대면하지 않아도 돼 좋았다. 코로나 때문에 고객이나 배달 기사나 대면하기를 꺼린다. 또 선결제가 좋은 건 무엇보다 불필요한 시간 소모가 없다는 점이다. 배달은 시간이 곧 돈이다.

배민 커넥트는 AI 자동 배차 시스템이 쿠팡이츠에 비해 좀 더 정교하다. 배달을 수행하고 있으면 동선과 이동 거리를 고려해 다음 배달이 자동으로 배정된다. 반면 쿠팡이츠는 장거리 배달이 배정되는 경우가 더러 있다. 그런 걸 라이더들은 '유배'라고 부른다. 물론 거리 할증이 붙어 배달료는 높은 편이지만, 주문이 몰리는 점심이나 저녁 시간에 안양에서 광명이나 산본, 과천으로 유배 한 번 다녀오면 어느덧 피크타임이 끝나 있을 때도 있다. 배민 커넥트는 단거리 이동이 많아서 배달 건과 건 사이 간격이 빽빽하긴 하지만, 쉴 틈 없이 일하는 게 오히려 낫다. 그런데 한 가지 불만스러웠던 건 '만나서 카드 결제'와 '만나서 현금 결제' 시스템이다. 대부분 어플에서 선결제하지만, 간혹 만나서 직접 결제를 원하는 고객들이 있다.

'만나서 카드 결제'는 카드 단말기가 있으면 간편하지만, 단말기를 사는 데도 비용이 발생한다. 단말기 없이도 가능하다. 배민 커넥트 어플에서 기사가 고객의 카드 번호를 직접 입력해 결제하면 된다. 그런데 이게 여간 귀찮은 게 아니다. 아파트나 빌라 복도는 보통 센서등이 설치돼 있는데, 불이 자꾸 꺼져서 카드 번호가 잘 보이지 않는다. 그때마다 한 발 물러서서 팔을 허공에 휘휘 저어 다시 불이 들어오게 한 후 실눈을 뜨고 카드 번호를 겨우 입력한다. 두 번 입력해야 하고 숫자 하나라도 틀리면 처음부터 다시 해야 하는데, 고객을 현관에 세워 둔 채 그러고 있으면 서로 뻘쭘하다.

가끔 카드 두 개로 분할결제를 해 달라는 고객도 있다. 음식값 3만 원 중 2만 원은 이 카드로, 1만 원은 다른 카드로 나눠 결제해 달라는 거다. 그렇게는 안 된다고 했더니 중학생쯤 되어 보이는 고객이 엄청 화를 냈다. "단말기도 안 갖고 다녀요? 이걸로 해 줘요!" 집어 던지듯 카드 하나를 내밀었는데, 체크카드인지 아니면 재난지원금 카드인지 카드 번호를 아무리 맞게 입력해도 '없는 번호'라는 에러 메시지가 떴다. 결국 학생 엄마가 신용카드를 꺼내 줘 그걸로 결제했고, 학생은 "짜증 나" 하면서 문을 쾅 닫았다. 정말 짜증 난 건 나였다. 카드 결제하느라 황금 같은 시간을 허비해 버렸기 때문이다. 결국 이미 배정돼 있던 다음 배달을 취소해야만 했다.

'만나서 현금 결제'는 거스름돈이 없을 경우 난감해지는데, 현금 결제를 대비해 천 원짜리 지폐를 몇 장 챙겨 다니는 게 습관이 됐다. 현금 결제하는 고객들도 대개 음식값에 딱 맞춰서 미리 돈을 준비하는 편이다. 그런데 문제는 음식점과 배달 기사 사이에서 혼선이 발생할 수 있다는 점이다. 어플마다 현금 결제 방식이 달라서 그렇다. 어떤 어플은 배달 기사가 음식점에 먼저 음식값을 지불하고 손님에게 현금을 받는 방식인데, 배민 커넥트의 경우 배달 기사가 손님에게 받은 현금을 배민 계좌로 송금하면 본사에서 해당 음식점으로 음식값을 지불하는 방식이다. 그래서 이런 해프닝도 있었다. '만나서 현금 결제'를 처음 하게 된 날, 마라탕집에서 음식을 가져가는데 카운터 직원이 음식값을 먼저 선불로 내야 한다고 해 3만 5천 원을 줬다. 그리고 고객에게 그 돈을 받았는데, 배달을 마치고 집에 오니 3만 5천 원을 본사에 입금하라는 메시지를 받았다. 자정까지 송금하지 않으면 다음 날 배달 어플 실행

자체가 되지 않는다. 얼른 돈을 보내고, 이미 영업이 종료된 마라탕집에 몇 번이나 전화해서 간신히 사장과 통화했다. 아무리 설명을 해도 이해하지 못해 납득시키기까지 꽤 오래 걸렸다. 그렇게 자정을 넘겨서야 3만 5천 원을 돌려받을 수 있었다.

지금은 배민 커넥트도 어플 선결제만 가능하게끔 시스템이 바뀌었다. '만나서 카드 결제', '만나서 현금 결제'는 이제 추억이 됐고, 나도 어느덧 '라떼는 말야' 할 거리가 하나둘 생겨날 만큼 배달 '짬밥'을 먹고 있나 보다.

모태 비흡연자도 담배 피우고 싶은 날

운 좋은 날은 어떤 날이냐 하면, 배달과 배달 사이 동선도 자연스럽고, 이동 거리도 짧은데 8천 원, 9천 원, 1만 원짜리 콜이 계속 들어오는 날이다. 그런 날은 정말 돈 버는 재미로 일한다. 신호도 안 걸리고 계속 녹색불이다. 아파트 동수도 잘 찾아지고, 가는 곳마다 3층 이내 저층이다. 간혹 고층에 배달을 가더라도 1층에서 엘리베이터를 바로 타고, 내려갈 땐 또 엘리베이터가 기특하게도 그 층에서 계속 기다려 준다.

운 좋은 날이 있으면 운 나쁜 날도 있기 마련이다. 운수 나쁜 날에는 운수 좋은 날의 정반대 국면이 펼쳐진다. 배달과 배달 사이 동선이 부자연스럽고, 이동 거리는 먼데 배달 단가도 낮다. 그마저도 콜이 뜨문뜨문 들어온다.

교차로나 횡단보도만 지나려 하면 내 앞에서 신호가 빨간 불로 바뀌고, 가는 아파트마다 102동 다음에 103동이 아니라 111동, 109동, 116동…… 이런 식으로 동 배치가 엉망진창이다. 20층, 30층 고층이 자꾸 걸리고, 엘리베이터는 하나같이 전부 꼭대기층에 가 있다. 한참 기다려 엘리베이터를 타면 층마다 계속 문이 열리고, 겨우 30층까지 가서 배달 마치면 하강 버튼을 누르기 직전 엘리베이터가 야속하게 내려가 버린다. 그런 날엔 시간을 많이 잡아먹는 '만나서 카드 결제'나 현금 결제도 여러 건 걸린다.

지난 일요일은 정말 더럽게 운 나쁜 날이었다. 주말 피크타임인데도 운행 시작을 누른 지 30분 만에 첫 콜이 들어왔다. 안양 1번가 패스트푸드점의 2,500원짜리 콜. 아니, 피크타임인데…… 그래도 첫 콜이니 수락했다. 햄버거 세트를 받아 빌라에 도착해 고객이 적어 준 공동현관 비밀번호를 누르는데 아무리 맞게 눌러도 비밀번호가 틀리다며 문이 열리지 않았다. 인터폰으로 호출을 해도 응답이 없고, 전화를 걸어도 받지 않았다. 이럴 때 진짜 애가 탄다. 얼른 마치고 다음 콜 잡아야 하는데, 피크타임에 이게 무슨 시간 낭비란 말인가. 몇 번 만에 겨우 고객과 전화 연결이 됐다. 공동현관 비밀번호의 숫자 하나를 잘못 입력했다고, 샤워하느라 인터폰과 전화 소리를 듣지 못했다고. 속이 부글부글 끓지만 친절하게 음식을 전달했다.

　다음 콜은 다시 안양 1번가. 대형 쇼핑몰 건물에 입점한 카페였다. 음료 배달은 좀 꺼려지지만, 그래도 수락했다. 이 대형 쇼핑몰 앞에는 인도가 넓게 깔려 있는데, 스쿠터를 세워 놓을 만한 곳이 마땅치 않다. 차도에 세워 놓으면 차량 통행을 방해할 수 있기 때문에 어쩔 수 없이 스쿠터를 쇼핑몰 앞 화단 근처까지 타고 가는데, 경찰관한테 딱 걸렸다. 내 잘못이지만 인도 주행 과태료 4만 원이 끊기자 눈물이 핑 돌 것만 같았다. 딱지 끊는 데 시간이 오래 걸리는 바람에 픽업이 늦어졌다. 헬멧을 쓴 채 서둘러 쇼핑몰에 들어가는데 직원으로부터 제지당했다. 체온 측정을 위해 헬멧을 벗어 달라는 것이었다. 헬멧 안의 열기 때문인지 체온이 높게 나오자 손목에 체온 측정기를 다시 대느라 시간을 또 허비했다. 서둘러야 해. 엘리베이터는 아무리 찾아도 보이지 않고, 결국 7층까지 에스컬레이터를 타고 올라갔다. 1층부터 7층까지, 에스컬레이터는 내가 걸어 올라갈 틈도 없이 사람들이 두 줄로 서 있었다.

겨우 도착한 7층 푸드코트, 음식점들이 하도 많아 카페를 찾는 데 한참 걸렸다. 어렵게 찾은 카페에서 아이스 버블티 두 잔과 말차라테 한 잔을 픽업해 서둘러 내려왔다. 인도 주행을 하지 않으려 차도까지 스쿠터를 손으로 밀고 가 시동을 거는데, 시동이 잘 걸리지 않았다. 미치겠네 미치겠어. 결국 킥 스타터를 수차례 힘껏 밟아 간신히 시동을 걸었다. 음료가 미지근해지기 전에 얼른 배달해야 해. 부지런히 달리고 달려 배달지에 도착했다. 배달통을 여는데, 아 망했다…… 음료 세 잔 중 말차라테의 포장 실링이 뜯어져 전부 쏟아지고 만 것이다. 배달통 안은 엉망이 됐고, 말차라테는 마치 녹색 액체 괴물처럼 뜨거운 머플러 위로 한 방울씩 뚝뚝 떨어져 내리며 치익 칙 소리를 냈다. 파트너 센터에 전화해 상황을 알리고, 온몸에 힘이 빠져 그냥 길바닥에 주저앉아 하늘을 올려다봤다. 태어나 한 번도 담배를 입에 대 본 적 없는 모태 비흡연자이지만, 그날만큼은 정말 담배 한 개비 피우고 싶었다. 그런 내 마음을 아는지 하늘에는 담배 연기 같은 구름이 뭉게뭉게 떠 있었다.

물에 젖어 축 처진 빨래 같은 몸을 일으키자 다음 콜이 울렸다. 스쿠터를 몰고 안양 중앙시장 앞을 달리는데,

사이드미러에 차오르는 붉은 노을이 너무나 아름다워 한참 바라보았다. 신호를 기다리다 보니 누군가는 머리에 쟁반을 이고, 누군가는 리어카를 끌고, 또 누군가는 양손에 무거운 봇짐을 들고 횡단보도를 바삐 건너고 있었다. 다들 치열하게 살아가는구나. 저 노을은 수많은 이들의 성실한 생이 익어 가는 빛깔이겠지. 그래, 다시 달려 보자. 안 좋은 날이 있으면 좋은 날도 또 오겠지.

넥스트개불

결국엔 널 내가 부셔

넥스트개불

혓바닥에 닿을 때까지

넥스트개불

집혀라 집혀라 집혀라

-해물파

3부

우리 집 치킨이 맛있대요

배달을 하면서 정말 많은 음식점들을 가게 된다. 프랜차이즈 식당부터 작은 동네 가게까지, 한식, 중식, 양식, 일식, 도시락, 빵, 커피, 아이스크림 등등 메뉴도 다양하다. 워낙 인기가 많아 하루에도 몇 번씩 가게 되는 식당들도 있다. 그런 가게는 직원도 많고 항상 분주하다. 음식을 가지러 매장에 도착하면 아예 배달 주문 음식들만 따로 한곳에 수북하게 쌓인 걸 보곤 한다. 배달 기사가 알아서 주문번호를 확인해 음식을 찾아가야 한다. 주방이며 홀이며 카운터며 워낙 바빠서 뭘 어떻게 물어볼 틈도 없다.

반면 '파리 날리는' 가게들도 있다. 홀에 손님은 하나도 없고, 배달 주문 전화도 좀처럼 걸려 오지 않는다. 대부분 프랜차이즈가 아닌 동네 골목 식당이거나 단골 장사를 오래해 온 가게들이다. 아주머니나 아저씨 한 분이 음식 만들고, 홀 서빙하고, 계산까지 혼자 다 한다. 이런 집들에 배달하러 가면 가슴 한구석이 먹먹해진다. 안 그래도 힘든 자영업인데, 코로나 시대에 얼마나 고달프실까. 장사가 잘되길 진심으로 바라면서, 음식을 받아 나올 때 늘 하는 인사인 "감사합니다" 대신 "많이 파세요"라고 크게 외치곤 한다.

요식업 중에도 치킨은 가장 치열한 전쟁터다. 수많은 프랜차이즈들과 동네 골목 상권이 경쟁을 벌인다. 하루가 멀다고 신메뉴가 등장하고, 온갖 광고와 프로모션이 넘쳐난다. '치맥'이 배달 음식의 대명사가 되어 버린 대한민국은 그야말로 '치킨 공화국'이다.

평촌의 오래된 아파트 상가 건물에 작은 치킨집이 하나 있다. ○○치킨. 웬만한 치킨집은 다 한 번쯤 들어봤는데, ○○치킨은 정말 처음 들어 본 이름이다. 가을볕이 따사로운 토요일 오후, ○○치킨을 찾아 미로 같은 아파트 상가를 좀 헤맸다. 낡은 상가 건물 지하 1층 한구석에 자그맣게 자리 잡고 있어 찾기가 쉽지 않았다. 끼익 끽 소리를 내는 녹슨 철문을 열고 "배달이요" 외치자 연세

지긋한 노부부께서 "거의 다 됐어요. 조금만 기다려 주세요." 하신다. 배민이냐 쿠팡이냐 묻지 않으신다. 배달 주문 들어온 게 딱 한 건인 모양이다.

테이블 몇 개 없는 매장 안은 한산하기 그지없다. 겹쳐 놓은 치킨 박스 더미 옆에 작은 텔레비전에서 나오는 '미스터 트롯' 뽕짝 소리가 기름 끓는 소리와 어우러져 정겹다. 빈 테이블 위에는 삐뚤빼뚤한 글씨로 '마요네즈' '튀김가루' '엿기름' 등을 적어 놓은 메모지가 널브러져 있다. 아주머니가 치킨을 튀기면 아저씨가 그걸 양푼에 담아 양념 넣고 버무린다. 맛있는 소리와 냄새가 토요일 오후를 채색한다. "아이고, 세 마리나 한꺼번에 주문이 들어와서 좀 걸렸어요. 미안해요." 아주머니는 포장 박스가 닫히지도 않을 만큼 치킨을 가득 담더니 양배추 샐러드까지 용기에 꽉꽉 채워 넣으신다. 잔뜩 무거워진 비닐봉지 세 개를 건네받고는 왠지 떠나기 싫다는 생각이 든다.

그날 늦은 저녁, 한 건만 더 하고 퇴근하려는데 마침 배달 콜이 울린다. 어라? 아까 낮에 갔던 ○○치킨이네? 반가운 마음에 금방 달려갔다. 이번에는 헤매지 않았다. 문을 열자마자 아저씨가 "빨리 오셨네. 다 됐어요." 하신다. "저 아까 낮에도 왔다 갔는데, 오늘 두 번이나 오네요." 말씀드리니 이번엔 아주머니가 주방에서 고개를 쑥 내밀면서 "그래요? 아 맞다. 아까 낮에 세 마리, 맞아 맞아." 하신다.

"얼마나 맛있으면 저한테 두 번이나 콜이 들어 왔겠어요. 퇴근하고 집에 가서 먹게 양념 반 프라이드 반 하나만 포장해 주세요. 이거만 배달하고서 찾으러 올게요." 낮부터 내 침샘을 자극한 소리와 냄새가 치킨집 안에 다시 가득 퍼지기 시작한다. 치킨을 건네받고 "다녀올게요." 하는 나를 보며 아주머니 아저씨가 해사하게 웃는다. "우리 집 치킨이 그렇게 맛있대요. 먹어 본 사람들이 다 맛있다고 그래."

조심히, 안전하게 와 주세요

손님이 요구하는 배달 요청 사항에는 몇 가지 유형
이 있다.

"조심히, 안전하게 와 주세요."는 기본 옵션이다. 별
다른 요구 사항 없이 직접 문을 열고 음식을 받겠다는 뜻
이다.

"공동현관 비밀번호는 1234*입니다. 문 앞에 놔 주
세요."는 초인종을 누르거나 노크를 하지 말아 달라는 뜻
이다. 대개 아기가 있는 집이거나 개가 사납게 짖는 집이
다.

"문고리에 걸고 사진 찍어 보내 주세요."는 아직 집
에 도착 전이라는 뜻이다. 가끔 비닐봉지 손잡이가 너무
작거나 문고리가 짧아서 음식 봉지를 걸지 못할 때가 있

어 난감하다. 그럴 땐 그냥 문 앞에 두면 되는 거 아니냐고 할 수 있는데, 그렇지가 않다. 문고리에 안 걸고 문 앞바닥에 내려놨다고 라이더 평점이 깎인다.

"문 앞에 두고 벨 눌러 주세요."는 배달 어플끼리 방식 차이가 있다. 쿠팡이츠의 경우 정말 문 앞에 두고 벨누르면 '배달 완료'되는데, 배달의민족은 배달 완료 상태를 사진 찍어 전송해야 한다. 가끔 문 앞에 나와서 기다리다 직접 음식을 받아 가는 손님들이 있다. '배달 완료'를위해선 사진을 찍어 전송해야 하는데, 음식은 이미 손님이 가져간 데다 빨리 다음 배달 가야 하니 바쁜 마음에 아파트 복도나 엘리베이터 문짝, 도무지 무슨 형상인지 짐작할 수 없이 마구 흔들린 사진을 찍어 전송할 때가 있다. 그럴 땐 피식피식 웃음이 난다.

가끔 이런 경우가 있다. "조심히, 안전하게 와 주세요."인데 벨을 눌러도, 노크를 해도 대답이 없다. 한 번 더벨을 누른 그때 집 안에서 짜증 섞인 목소리가 들려온다. "그냥 두고 가세요." 그럴 거면 배달 요청 사항에 처음부터 문 앞에 두고 가 달라고 하시지…… 여러 번 벨 누르고문 두드리며 응답을 기다리는 동안 엘리베이터를 놓치는경우가 허다하다. 27층인데 딱 1초 차이로 엘리베이터에

▼ 표시가 뜨면 울화통이 터진다. 20층에 멈췄다가 17층에 멈췄다가 7층에서 사람들을 또 태우고 1층, 지하 1층, 지하 2층 거쳐 지하 3층까지 내려갔다가 올라올 땐 또 1층에 서고, 5층, 12층, 15층에 한참 서고, 20층, 22층……이러면 엘리베이터 기다리는 데만 10분 걸린다. 그 1초 때문에.

그래도 "조심히, 안전하게 와 주세요."가 제일 좋다. 손님에게 직접 음식을 드리면서 "맛있게 드세요."라고 인사할 수 있기 때문이다. 손님께 "감사합니다." 인사를 들으면 기분이 좋고, 문이 열렸을 때 집 안에서 배달 음식에 환호하는 아이들 소리가 들리기라도 하면 내가 마치 슈퍼히어로가 된 것 같다.

비록 짧은 두어 시간이지만,
나는 피 한 방울 섞이지 않은 식구들과
정답게 웃고 떠들며 영혼의 살을 찌웠다.
사람의 일생이란 따뜻한 밥 한 끼를 먹기 위해
온 세상을 떠돌아 헤매는 일이 아닌가.

위대한 밥상

반년 넘게 배달 라이더 아르바이트를 하다 보니 유난히 자주 가게 되는 가게들이 있다. 집 근처 식당도 두어 곳 된다. 아무래도 집에서 나오자마자 배달 어플을 켜다 보니 집과 가까운 가게들에서 먼저 콜이 오는 경우가 많다.

그렇게 자주 다니다가 어느새 얼굴이 익어 친근해진 족발집이 있다. 어쩌다가 내밀한 얘기까지 듣게 되었는지는 기억나지 않지만, 사장님은 육군 부사관으로 복무하다가 장비에 다리를 다치는 바람에 상사 진급을 앞두고 전역하셨다고 한다. 성치 않은 몸으로 사회에 나왔는데, 십수 년 군대에만 있다 보니 세상 물정을 몰라 지인에게 사기마저 당했다. 군대에서 모은 돈을 날리고는 무작정 족발집에 취직해 청소, 설거지 등 온갖 허드렛일부터 하면서 음식을 배웠고, 성실함을 인정받아 5년 만에 분점 사장이 됐다. 여기 가게는 이제 개업한 지 3년째다.

아마도 무슨 대화를 나누다가 내가 육군 공병 소대장 출신이라는 얘길 했고, 군대에서 교통사고로 다리 다친 것도 말한 것 같다. 마침 근무했던 지역도 비슷해서 말이 잘 통했다. 나이는 나보다 열 살쯤 위지만 금방 서로 살가워졌다. 이 가게에서 콜이 들어오지 않더라도 지나가다가 잠깐 들러 인사라도 하면 콜라, 사이다 한 캔씩 내어 주셨다. 마감 때 들르면 족발 좀 싸 주신다고 했는데, 민폐를 끼치는 것 같아 일부러 가지 않았다. 쌀쌀한 초봄에 건네주시는 캔커피의 온기가 따스해서, 한번은 낮에 지나가면서 내가 쓴 책 한 권을 사인해서 드렸다. 책 쓰는 작가님이었냐면서 깜짝 놀라셨다.

어느 날 그 집에서 콜이 들어와 반가운 마음으로 달려갔더니 사장님께서 쭈뼛거리며 무슨 말을 하려다 마는 것이었다. 편하게 말씀하시라 하니 그제야 입을 떼셨다. 전단지랑 배달 어플 가게 소개란에 적을 홍보 문구를 좀 써 줄 수 있느냐고, 비용은 치르겠다고. 나는 격하게 손사래를 치며 무슨 비용이냐고, 그냥 써 드릴 테니까 마감 때

족발이나 좀 싸 달라고 말씀드렸다.

　"유명 프랜차이즈에서 다년간 수석조리사로 근무하
며 비법을 전수받은 베테랑 주방장이 누구도 따라 할 수
없는 특별한 노하우로 만들어 최고의 맛을 자랑합니다.
국내산 최고급 도드람 생족을 12가지 약재 및 채소와 함
께 오랜 시간 정성껏 삶아내어 잡내 없이 쫄깃쫄깃 야들
야들 부드럽고 담백합니다. 당일 삶아 당일 판매만을 원
칙으로 하며, 최고의 맛과 정성, 위생 그리고 내 가족이
먹는다는 책임감까지 손님 여러분의 식탁 위에 올려 드립
니다. ○○족발은 최고의 맛집으로 가족 외식부터 직장
회식, 친구들끼리 기분 좋은 술자리, 연인의 데이트, 혼밥
혼술족 모두에게 편안한 분위기와 잊을 수 없는 맛, 행복
과 만족을 제공해 드립니다. 이윤보다 고객의 미소를 먼
저 생각하고, 장사 잘되는 집으로 불리기보다 족발 정말
맛있는 집으로 기억되기를 원하는 ○○족발은 최고의 족
발이라는 자부심과 고객 만족 최우선의 서비스 정신으로
여러분을 모시겠습니다. 좋은 재료와 정직한 노력으로 손
님 여러분께 건강하고 맛있는 족발을 선보여 드리겠습니
다."

　그날 집에 가 뚝딱 써서는 다음 날 사장님께 드렸다.

사장님 내외가 얼마나 고마워하셨는지 모른다. 원래 마감이 밤 10시인데, 일찍 마칠 테니 8시까지 배달 끝내고 가게로 오라 하셨다. 저녁 같이 먹자고, 밥 먹으면서 소주 한잔하자고.

저녁 7시 반쯤 퇴근해 집에 스쿠터를 세워 놓고, 샤워하고, 옷 갈아입고 시간 맞춰 족발집으로 갔다. 사장님과 사모님이 반가이 맞아 주셨다. 식탁엔 일단 족발이 푸짐하게 썰어져 있고, 사모님이 주방에서 반찬과 찌개를 꺼내 오셨다. 눈이 휘둥그레지다 못해 황홀해지고 말았다. 꽃게장, 갈치구이, 어묵볶음, 장조림, 오이소박이, 방풍나물, 멸치볶음, 버섯볶음, 파김치, 알타리김치, 물김치 등 온갖 맛깔스런 반찬들이 상에 올랐기 때문이다. 양은냄비에는 묵은지와 비계 숭덩숭덩한 돼지고기가 가득 들어간 김치찌개가 보글보글 끓고 있었다. 한 국자 퍼서 그릇에 담으니, 마음부터 배부른 위대한 밥상이 완성되었다.

"산그늘 두꺼워지고 흙 묻은 연장들/허청에 함부로 널브러지고/마당가 매캐한 모깃불 피어오르는/다 늦은 저녁 멍석 위 둥근 밥상/식구들 말없는, 분주한 수저질/뜨거운 우렁된장 속으로 겁 없이/뛰어드는 밤새 울음,/물

김치 속으로 비계처럼 둥둥/별 몇 점 떠 있고 냉수 사발 속으로/아, 새까맣게 몰려오는 풀벌레 울음/베어 문 풋고추의 독한,/까닭 모를 설움으로/능선처럼 불룩해진 배/트림 몇 번으로 꺼트리며 사립 나서면/태지봉 옆구리를 헉헉,/숨이 가쁜 듯 비틀대는/농주에 취한 달의 거친 숨소리/아, 그날의 위대했던 반찬들이여"(이재무, 「위대한 식사」)라는 시가 절로 떠오르는 밥상 앞에서 나는 그만 뭉클해졌다. 눈물인지 콧물인지 알 수 없는 뜨거운 것을 밥 한 덩이와 함께 목구멍으로 쑥 넘기고, 차가운 소주로 달아오른 가슴을 식히는 동안 저녁은 깊고, 족발집 안에는 우리가 나누는 대화 소리가 풀벌레 울음처럼 정다웠다.

사장님, 사모님, 그리고 중학생 아들딸과 나는 한솥밥을 먹은 '식구(食口)'가 되었다. 비록 짧은 두어 시간이지만, 나는 피 한 방울 섞이지 않은 식구들과 정답게 웃고 떠들며 영혼의 살을 찌웠다. 사람의 일생이란 따뜻한 밥 한 끼를 먹기 위해 온 세상을 떠돌아 헤매는 일이 아닌가. 나는 ○○족발에서 그 밥 한 끼를 먹었다. 이만하면 성공한 생이다. 거나하게 취해 인사하고, 문 열어 밖에 나오니 봄바람에 실려 온 라일락 향기가 코끝에 닿았다. 발레리의 시구를 외웠다. "바람이 분다. 살아 봐야겠다!"

사람과 사람 사이를 가로막는
모든 차단기들이 활짝 열렸으면 좋겠다.

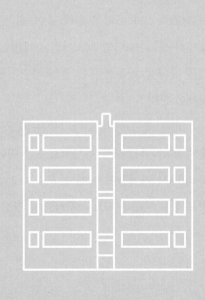

차단기

아파트 단지에 배달하러 가면 입구에서 꼭 차단기를 맞닥뜨리게 된다. 대개 배달 오토바이들은 차단기 옆 공간으로 빠져나갈 수가 있다. 배달 오토바이에 차단기를 열어 주는 친절한 아파트들도 있다. 간혹 차단기 옆 공간이 협소하거나 바닥에 길게 홈이 패어 지나가기 어려운 경우가 생기는데, 이때는 어쩔 수 없이 보행자 통로로 가거나 경비실 호출 버튼을 눌러 차단기를 열어 달라고 부탁해야 한다.

요즘 고급 아파트 단지들은 배달 오토바이의 지상 통행을 막는다. 지하 주차장으로만 다니라는 것이다. 단지 내에서 아이들이 뛰어 놀기도 하고, 노인들이 산책하기도 하는 만큼 아파트 입장에서는 안전을 위해서 필요한 조치일 것이다. 오토바이 소음으로부터 일상의 고요함을 방해받지 않으려는 마음도 이해한다. 그런데 지하 주차장은 라이더의 안전을 위협한다. 비 오는 날이면 특히 그렇다. 바닥의 우레탄과 에폭시가 물기와 만나면 무척 미끄럽고, 두 바퀴로 달리는 오토바이는 중심을 잃기 십상이다.

배달 오토바이 지상 출입 제한이 안전과 소음 문제 때문이라면 백 번 이해하지만, 배달 라이더들을 똑같은 '사람'이 아니라 '흉물'이나 '천민'으로 보는 차별과 혐오로 느껴질 때가 있어 속상하다. 아파트만 그런 게 아니다. 상가 건물이나 사무실 빌딩으로 배달을 가면 방문객 누구나 탈 수 있는 엘리베이터 대신 화물용 엘리베이터를 타도록 안내 받는 경우가 있다. 직업에는 귀천이 없다고 생각했는데, 이런 차별을 겪으면 고민이 깊어진다. 그저 피해의식만은 아니다.

내내 올라가 있던 차단기가 내가 지나가려 할 때 갑자기 내려와 사고 날 뻔한 적이 있다. 비 오는 날, 빗물이 뚝뚝 떨어지는 우비를 입고 엘리베이터를 타려다가 경비원에게 제지당한 적이 있다. 사무실 직원들 타는 엘리베이터에 음식 냄새 밴다고 화물용 엘리베이터를 타라고 면

박 받은 적이 있다.

세상이 참 각박해졌다. 고등학교 2학년, 처음 배달 아르바이트를 했던 2001년에는 그래도 아직 정이라는 게 있었다. 아파트에 음식 배달 가서 화장실이 급하다 말하면 흔쾌히 집으로 들여 화장실을 쓰게 해 주던 시절이다. 그릇을 찾으러 가면 깨끗하게 설거지된 그릇이 문 앞에 놓여 있곤 했다. 하긴, IMF를 겪은 지 얼마 안 됐을 때니까. 다들 어려웠고, 그래서 오히려 따뜻했다.

나는 지금 빌라 4층에 살고 있는데, 엘리베이터가 고장 나거나 점검 중인 날에는 반드시 배달 음식을 1층에 내려가서 받아 올라온다. 비 오거나 눈 오는 날에는 아예 배달 음식을 주문하지 않는다. 더운 날에는 택배 기사님이나 집배원, 배달 라이더 들께 음료수 한 캔이라도 드리곤 한다. 내가 하기 힘든 일, 내가 하기 싫은 일을 대신 해 주는 고마운 분들 아닌가. 나도 누군가의 생활을 편리하게 해 준다는 자부심으로 일하고 있다. 사람과 사람 사이를 가로막는 모든 차단기들이 활짝 열렸으면 좋겠다.

폭우

비가 내리거나 눈이 오는 날, 또 폭염이나 한파로 날씨가 좋지 않을 때는 배달료가 오른다. 고생할 게 뻔하고 또 위험하니까 라이더들이 일하기를 꺼리기 때문이다. 궂은 날씨에 배달 주문량은 증가하는데, 라이더들은 부족하니 배달 단가가 높아지는 것이다.

가을비 내리는 저녁, 온라인 영상 강의 마치고 책상에 앉아 원고를 쓰는데 핸드폰이 울린다. 배달 어플에서 피크타임이라며 높은 단가에 배달하라고 부추긴다. 원고도 쓰고 다음 강의도 준비해야 하는데…… 빗길 운전은 위험하다. 하지만 배달 단가가 높다.

고민을 거듭하다 한 3만 원이라도 벌고 오자며 우비를 챙겨 입고 스쿠터에 시동을 건다. 다행히 빗방울이 굵지는 않다. 빗길 배달이 힘든 건 몸이 젖는 것도, 추위도 아니고 '따가움'이다. 아무리 부슬비라고 해도 스쿠터를 타고 달리면 빗방울이 마치 비비탄 총알처럼 얼굴에 날아와 박히는데, 따갑기도 하고 시야를 자꾸 흐리게 한다. 헬멧 고글을 내려 얼굴을 덮으면 탄환 같은 빗방울의 공격으로부터는 안전하지만, 빗물이 자꾸 번져서 앞이 잘 보이지 않는다. 그래서 아프고 차갑더라도 고글을 활짝 열어 둔다.

우비를 입었지만 도로를 달리는 동안 펄럭거리는 소매 틈으로 침투해 들어오는 빗물까지는 막을 수 없다. 어느새 온몸이 축축하다. 배달 몇 건을 마치고, 푹 젖은 마스크의 물기를 짜내는데 배달 콜이 울린다. 무려 14,000원짜리 배달이다. 취소될까 싶어 얼른 스크롤을 움직여 수락하려는데, 스마트폰 액정에 번진 물기 때문에 터치가 잘 되지 않는다. 짧은 몇 초 사이에 콜이 취소될까 봐 조마조마하면서, 폰 액정과 손가락의 물기를 간신히 닦아내고는 배달 수락에 성공한다.

배달지는 광명이다. 자동차 공장 기숙사에서 들어온 주문이다. 힘든 하루 일을 마치고 동료들이 함께 파티를 하는 모양이다. 빗길이라 속도를 낼 수 없지만, 음식이 식지 않게 빨리 가져다주고픈 마음에 조급해진다. 8킬로미터 정도 되는 먼 거리, 빗길에다 퇴근 시간 정체까지 겹쳐 왕복 40분 넘게 걸릴 것이다.

부지런히 달려가는데 갑자기 빗줄기가 굵어지기 시작한다. 이윽고 장대비 수준으로 폭우가 쏟아진다. 빗물 고인 길을 지날 때마다 물이 분수처럼 촤악 튀어 오른다. 목적지에 도착했다. 배달 가방에서 음식을 꺼내니 아직 따뜻하다. 기숙사 문 앞에 두고 '배달 완료' 버튼을 누른다. 14,000원 벌었다.

다시 안양으로 돌아가는 길, 비가 더 거세게 쏟아진다. 연료등에 불이 들어온 지 한참 됐는데, 빨리 배달할 생각에 이제야 기름 넣으러 주유소로 간다. 광명에서 안양으로 가는 큰 대로변의 주유소, 4리터만 넣어 달라고 하고는 우비 안에 겹쳐 입은 옷 주머니에서 흠뻑 젖은 지갑을 주섬주섬 꺼낸다. 7천원쯤 결제를 하고 다시 스쿠터에 시동을 거는데, 주유소 사장님이 "빗길 조심하세요. 안전 운전 하시고 집에 무사히 들어가요."라고 말씀하신다. 그 한마디에 으슬으슬하던 몸이 따뜻해진다. 왈칵 솟구치는 눈물이 빗물과 섞여서 시야가 엉망으로 흐려진다. 에잇, 사장님 때문에 괜히 못 가고 가만히 서 있잖아요.

금융치료를 조심합시다

요즘 '금융치료'라는 말이 유행이다. 과태료나 합의금, 손해배상이 요구되는 잘못을 저질렀을 때 물게 되는 금액을 통해 잘못을 반성하는 것을 비유적으로 이르는 말이다. 부주의한 운전이나 법규 위반으로 사고를 내면 타인을 다치게 할 수 있고, 내 안전도 위협받는다. 그리고 처절한 금융치료를 받게 된다. 배달 스쿠터를 운전할 때 가장 조심해야 하는 것이 바로 이 금융치료다.

고등학교 때부터 오토바이를 몰았기에 운전에는 자신이 있다. 하지만 사고는 나만 잘한다고 해서 나지 않는게 아니다. 그래서 늘 조심하는 편이다. 그런데 배달을 하다 보면 가끔 시간에 쫓겨 차선을 이리저리 바꾸고, 멈춰선 차들 사이로 다녀야만 할 때가 있다. 배기량 49cc의 작은 스쿠터라서 요리조리 빠져나가는 데 유리하기도 하고, 차와의 간격이 넉넉할 때만 '미꾸라지 주행'을 하기 때문에 접촉사고가 날 일은 거의 없다.

그런데 차 사이로 요리조리 빠져나가는 미꾸라지 주행이 아니더라도, 차량 통행이 원활해 차와의 간격이 넉넉한 정도가 아니라 아예 멀찌감치 떨어져 있을 때에도 혹시나 스치기라도 할 까봐 덜덜 긴장하게 하는 차들이 있다. 벤츠라든가 포르쉐라든가 람보르기니라든가 하는 수입 자동차들이다. 전성기 타이슨의 핵펀치를 두고 사람들은 이렇게 말했다. "스쳐도 골로 간다"고.

스치기만 해도 골로 간다! 절대 가까이 가선 안 돼. 수억 원이 넘는 고가의 외제차들 앞에서 나도 모르게 스쿠터의 속도를 줄인다. 배달 아르바이트의 지상과제이자 존재 이유인 '빨리 빨리'도 이 순간엔 고요해진다. '멈추면, 비로소 보이는 것들'이라는 책 제목이 떠오른다. 맞다. 멈춘 순간 비로소 보인다. 저게 얼마나 비싼 차인지, 저기 쓰여진 영어 글자가 '마이바흐'라고 읽어야 하는 것인지, 보인다, 보여. 그러니 다 지나가면 가자. 혹시 닿기라도 하면, 생계의 치명상과 속 쓰림은 아마 전치 20주쯤 될걸? 그건 금융치료가 아니라 금융테러다. 엉금엉금 기어가는 내 스쿠터는 스쿠터가 아니라 세발자전거다.

따뜻한 비

　하늘이 맑더니 저녁부터 비가 한 방울씩 떨어진다. 봄비가 오시려는 모양이다. 집에 가 우비로 갈아입을 필요는 없을 것 같다. 이 정도 비는 맞을 만해서 그냥 달린다. 아파트에 탄탄면을 배달하고 현관을 나서는데 쏴 하는 소리가 들린다. 잠깐 사이 빗줄기가 굵어진 것이다. 이미 다음 콜을 받아 놓았다. 어쩌면 좋을까. 별수 없다. 그냥 비를 맞기로 한다.

　바람막이 재킷이 비에 흠뻑 젖는다. 바지도 축축하다. 빗물이 발목을 타고 운동화 안으로 들어와 양말도 젖기 시작한다. 비가 더욱 거세진다. 샤워를 한 것처럼, 물에 빠진 생쥐 꼴이 되고 만다. 갑자기 내린 비에 사람들은 부침개에 막걸리 생각이 나나 보다. 전집 앞에 스쿠터를 세우고 가게 안으로 들어가려다 머뭇거린다. 몸에서 빗물이 뚝뚝 떨어지는 탓이다. 이대로 들어가면 가게 바닥은 엉망이 되고, 손님들 보기에 안 좋을 것이다.

문을 살짝 열고 바깥에서 고개만 안으로 들이민 채로 "배달이요." 외친다. 내 옷에 빗방울 떨어지는 소리가 후두두둑, 후두두둑 자꾸 커진다. 사장님이 손을 휘휘 내젓는다. 빗물 들어오니 문 닫고 밖에서 기다리라는 거겠지. 문을 닫으려는데, "기사님!" 하신다. "왜 비를 다 맞고 있어요. 들어와 안에서 기다려요. 한 5분 걸려요." "바닥에 물 떨어질 텐데……." "물 좀 떨어지면 어때. 닦으면 되지. 감기 걸려요 그러다. 얼른 들어와요."

문 밖의 빗소리와 주방의 전 부치는 소리가 지글지글, 고소한 냄새가 바삭바삭 노릇노릇 피어오르는 전집 안이 참 아늑하다. 비에 젖었지만, 욕조에 누운 것처럼 나른하다. 잠깐 꿈을 꾸고 있는 건 아닐까. 빗방울이 따뜻하다.

이사 생각에 불을 지핀 건 영화 〈기생충〉이다.
송강호에게서 나는 '반지하 냄새'가 내게도 뱄을까 봐,
누군가는 내 뒤에서 코를 막고 인상을 찌푸릴까 봐
나는 탈(脫)반지하, 탈기생충, 그리고 탈서울을
마음먹었다.

치킨런

"오래전 널 바래다주던 길/어쩌다 난 이 길을 달리게
된 걸까/이러다 널 만나게 될까 봐 난 두려워/직업에는 귀
천이 없다고 배웠지만/현실은 그렇지 않더군/난 부끄러
워/키 작고 배 나온 닭 배달 아저씨"

달빛요정역전만루홈런이 부른 노래 〈치킨런〉의 가사
다. 헤어진 여자 친구가 사는 동네에서 치킨 배달을 하는
남자의 사연이 담겨 있다. 물론 실제 경험담이다. 이 노래
를 부른 달빛요정역전만루홈런 이진원은 2010년 갑작스
런 뇌출혈로 쓰러져 37세의 나이에 세상을 떠났다.

2008년에 발표된 이 노래가 13년 후 내 이야기가 될
줄은 몰랐다. 나는 경기도 안양의 배달 라이더, 내가 누비

고 다니는 안양1동, 2동, 3동, 4동, 5동, 6동, 7동, 8동, 9동은 오래전 헤어진 연인과 데이트하던 장소들이다. 그녀는 안양에 살았다. "오래전 널 바래다주던 길, 어쩌다 난 이 길을 달리게 된 걸까"라는 노랫말은 이제 내 현실이 됐다.

2년 전 봄, 10년 동안 살던 서울 남현동의 반지하 원룸을 벗어나 마침내 지상으로 나왔다. 보증금 1,000만 원에 월세 30만 원이었던 그 원룸은 내 청춘이 담긴 공간이다. 군대 제대 후 대학원 다니면서 혼자 책 읽고 글 쓸 요량으로 구한 방이다. 너그러운 집주인 아주머니는 10년 동안 월세를 1원도 올려 받지 않았고, 벽에 못 박고 페인트칠하는 것도 허락해 주셨다. 집성목 선반을 벽에 달고, 바닥엔 원목 데코타일을 깔고, 조명은 레일등과 프로방스등으로 바꾸고, 주방은 블랙 앤 레드 앤 화이트로, 침실은 아이보리 톤으로 페인트칠했다. 이케아 침대와 책상, 의자, 책장 등을 조립하고, 책을 잔뜩 갖다 놓으니 나만의 소중한 보금자리가 완성됐다.

그 방에서 10년 동안 석사 학위 논문, 박사 학위 논문, 첫 시집, 평론집, 두 권의 산문집을 썼다. 1년에 아무리 적게 잡아도 와인 100병쯤은 마셨을 테니 1,000병 넘는 싸구려 와인과 더 많은 소주를 마셨다. 책과 시와 음악과 술과 낭만의 방이었다. 하지만 점점 나이는 드는데 언제까지 반지하 월세방에 살 수는 없었다. 연애도 결혼도 집 없으면 못 하는 시대가 아닌가. 이사 생각에 불을 지핀 건 영화 〈기생충〉이다. 송강호에게서 나는 '반지하 냄새'가 내게도 뱄을까 봐, 누군가는 내 뒤에서 코를 막고 인상을 찌푸릴까 봐 나는 탈(脫)반지하, 탈기생충, 그리고 탈서울을 마음먹었다.

그 결과 이사지로 안양이 채택됐다. 내겐 너무나 아름다운 색깔로 칠해진 동네, 4년이라는 긴 시간을 함께했던 그녀가 살던 동네다. 4년 중 3년간 우리는 '안양의 연인'이었다. 헤어지던 해에 그녀가 다른 동네로 이사를 갔기에 안양은 오롯이 행복한 기억으로만 남아 있다. 행복한 기억만 있기에 시리고 쓰리고 아픈 동네이기도 하다. 가난한 연애의 시절, 서툰 사랑의 배경이 되어 주었던 안양을 나는 깊이 그리워하고 있었던 모양이다. 안양으로의 이사는 내가 망쳐 버린 사랑에 대한 형벌과 속죄의 의미이기도 했다. 전입신고를 하고 비로소 경기도민이 된 날, 마음이 싱숭생숭했다.

배달 아르바이트를 시작한 지난해 가을부터 나는 거의 매일 그녀와 함께 다니던 길을 달리고 있다. 산책하고 캔맥주 마시던 병목안 시민공원을 지나, 군것질하러 다니던 중앙시장을 지나, 오락실 가고 노래방 가고 쇼핑도 하던 안양 1번가를 지나, 벚꽃이 예쁘던 안양천길과 단풍이 따뜻하게 타오르던 안양예술공원과 첫눈 내리던 안양9동 새마을을 지나, 함께 돼지고기와 다진마늘과 애호박을 사던 슈퍼마켓과 전동드릴을 빌리던 철물점을 지나, 그녀가 살던 집 앞까지…….

스쿠터가 닿는 길들은 다 옛날로 이어져 있고, 거기엔 아직 내가 너무 많다. 담벼락에 기대 서 있고, 양손에 비닐봉지를 들고 슈퍼에서 나오고, 술 취한 채 비틀거리고, 나를 향해 미소 지으며 오다가, 더 오지 못한다. 시간이 멈춘 풍경에는 그 풍경에 갇혀 버린 사람이 보인다. 투명한 유리막 속에서 순간이 영원인 줄 아는, 한때 나였으나 이젠 내가 아닌 수많은 내가 길 위에 있다.

노래 가사처럼 이러다 그녈 만나게 될까 봐 두렵지는 않지만, 헬멧을 쓴 채 치킨을 들고 아파트 계단을 오르는 내 모습이 부끄럽지도 않지만, 나는 저기 골목 모퉁이에서 지난날의 우리를 맞닥뜨릴까 봐, 그때의 행복한 우리를 만나게 될까 봐, 내가 망쳐서 오래전에 끝나 버린 우리가 나를 원망스레 노려보고 있을까 봐 두렵다. 치킨집 앞에서 훌쩍거리며 눈물을 훔치는 내 모습을 누가 볼까 봐 부끄럽다.

안양월드사우나를 지나 안양예고 앞 할아버지장작구이로 가는 길, 언덕길에 이미 오래전에 폐업한 '짱비디오대여점'이 있다. 담쟁이덩굴에 뒤덮인 폐건물을 볼 때면 지난날들이 떠오른다. 낙후와 망각과 소멸의 풍경이지만, 나는 그때 이 비디오 가게 앞을 지나던 우리를 아직 기억한다.

힘차게 스쿠터를 몬다. 자, 오늘은 장작구이 치킨런! 아무리 스로틀을 세게 당겨도 2006년식 낡은 스쿠터는 빨리 달릴 수 없다. 시간이 나를 앞지를 수 없도록, 스쿠터는 나를 싣고 자꾸 옛날로 간다.

평냉

햄벅해야해

밥푸지말고

알핫독?

-질척거림

4부

딸배를 위한 변명

'딸배'는 온라인상에서 배달 라이더들을 칭하는 은어다. '배달'이라는 단어를 거꾸로 뒤집은 건데, 딸딸거리는 오토바이를 타고 다닌다고 해서, 또는 '딸통(배달통)'을 달고 다닌다고 해서 '딸배'다. 단순한 은어가 아니라 배달 라이더들을 비하하거나 그들에게 모멸감을 주려 할 때 주로 사용하는 멸칭이다. 딸배라는 멸칭이 생겨난 것은 전적으로 배달 라이더들의 잘못이다.

배달 라이더에 대한 사람들의 시선이 곱지 않을 수밖에 없다. 비가 오나 눈이 오나, 아침이나 늦은 밤이나 내가 먹을 귀한 음식을 가져다주는 고마운 존재라고 여기는 사람들도 물론 많지만, 라이더들을 '딸배충'이라 부르며 사회의 안전과 평화를 해치는 암적 존재로 생각하는 이들도 많다. 가장 큰 이유는 라이더들의 불법 주행이다. 머플러를 개조해 배기음을 키우거나 다른 운전자의 시야를 방해하는 LED 전구를 주렁주렁 단다거나 하는 불법 개조 역시 눈살을 찌푸리게 한다.

다 그런 건 아니지만, 일부 라이더들은 교통 법규를 밥 먹듯이 무시한다. 불법 좌회전, 불법 유턴, 버스 전용 차선 달리기, 역주행, 인도 주행 등 타인의 안전을 위협하는 행위를 서슴없이 저지른다. 그러면서 높은 수익을 올린다. 인터넷에 배달 라이더로 돈 벌었다는 자랑 글들이 종종 올라오는데, 당연히 고운 시선으로 보일 리 없다. 나도 배달 라이더지만 불법 주행하는 오토바이들을 보면 화가 난다.

배달 라이더들이 인도 주행을 하거나 신호를 위반하거나 차들 사이로 막 지나가면 사람들은 '저 딸배충 돈에 미쳐 가지고 묶음 배달하느라 저런다'고, '콜 하나라도 더 잡으려고 난리 친다'고 생각한다. 맞기도 하고 틀리기도 하다. 실제로 묶음 배달을 하면 빠른 시간 안에 여러 집을 가야 하기에 서두를 수밖에 없게 된다. 하지만 단건 배달을 해도 서둘러야 하는 경우가 많다. 여기에는 복합적인 구조적 문제가 있다.

배달 라이더들의 교통 위반 행위는 분명한 잘못이다. 라이더들은 반드시 운행 습관을 고쳐야 한다. 하지만 라이더들이 불법 주행을 할 수밖에 없게 하는 시스템 역시 개선될 필요가 있다. 소비자는 빠른 배달을 원한다. 배달 주문 고객 요청 사항 중 압도적으로 많은 것이 '최대한 빨리 갖다주세요'나 '빠른 배달 부탁합니다'다. 그만큼 '속도'가 생명인 배달인데, 속력을 낼 수 없게 하는 여러 장애물들이 있다. 음식점의 조리 대기 시간, 지나치게 높은 과속방지턱들, 꽉 막힌 도로 정체, 악천후, 이륜차가 달리기에 너무나도 위험한 노면 상태, 많아도 너무 많은 신호들, 차단기와 공동현관 비밀번호 등 아파트 출입의 까다로운 과정들, 엘리베이터를 기다리며 지체되는 시간 등등이다. 하지만 소비자는 이런 사정을 모른다.

내가 겪은 일이다. 배달 중 스쿠터 주차 랙 쇠붙이가 부러져 아스팔트를 텅텅 때리느라 정상적인 주행을 할 수 없었다. 편의점에서 테이프를 사서는 칭칭 감아 겨우 응급 처치를 하는 데 한 10분쯤 걸렸다. 예상 시간보다 5분쯤 늦게 도착했는데, 손님은 묶음 배달을 의심하며 화를 냈고, 해명해도 듣지 않았다. 다음 날 내 라이더 평점은 깎여 있었다. 평점이 깎이면 배차 콜도 줄어들게 된다.

음식점도 손님도 배달 라이더도 모두 '빨리 빨리'를 욕망한다. 그리고 배달 어플은 그 '빨리 빨리'에 대한 욕망을 부추기고, 이용한다. 배달 도착 예정 시간을 산출하는 AI는 빅 데이터를 통해 스스로 학습하는데, 배달 라이더들이 원래 20분 걸리는 길을 15분 만에 가기 시작하면 AI는 그 경로를 이제 15분 코스로 인식한다. 교통 상황과 날씨 등 다양한 변수는 고려하지 않는다. 라이더들은 그렇게 AI가 단축시킨 시간 내에 배달을 완수해야만 한다. 라이더들이 빠르게 달릴수록 AI는 더 짧은 시간 안에 배달하라 명령하고, 결국 라이더들은 더 빨리, 더 더 빨리 달릴 수밖에 없게 되는 악순환인 것이다.

이 나쁜 사슬을 끊으려면 음식점과 손님과 라이더 모두 '빨리' 대신 '천천히'와 '안전하게'를 지향해야 한다. 다행히 조금씩 변화하는 게 보인다. 음식을 받아 갈 때 점주나 종업원이 "안전 운전 하세요"라고 당부하고, 손님도 요청 사항에 '천천히, 조심히 와 주세요'를 입력한다. 라이더들도 교통 법규를 준수해 배달 문화를 바꾸는 자정 노력을 하는 중이다. 그러니 '딸배'라고 너무 욕하지 말자. 비바람이 불고 천둥번개가 쳐도 당신의 소중한 치킨과 피자를 싣고 열심히 달려가는 사람들이다.

이렇게 멀어지나 봐

낯익은 장소에 배달하러 가면 기분이 묘한데, 몇 해 전 예술인 파견 지원 사업에서 협업한 과천 '타샤의 책방' 앞에 가니 약간의 서러움이랄까? 회한 같은 게 살짝 밀려왔다. 4년 전에는 저 책방에서 '예술인'으로, '시인'으로 독자들과 만나면서 독서 토론도 하고, 시인 초청 강연도 열고 그랬는데…… 예술인 파견 지원 사업을 주관하는 곳이 '한국예술인복지재단'이다. 이제 나의 복지는 오직 배달이다.

과천에는 석사 과정 지도교수님이 사시는 아파트 단지도 있다. 오늘은 거기에도 배달하러 갔다 왔다. 석사 다닐 때가 벌써 10년 전이다. 등록금 아끼려고 기를 쓰며 3학기 만에 조기 수료했다. 모든 과목에서 A+ 학점을 받았다. 다음 학기에 곧장 논문 써서 딱 2년 만에 졸업했기에 가장 짧게 다닌 학교지만, 중앙대학교 대학원 다닐 때 제일 행복했다. 모든 날들이 다 꽃날이었다. 사당동에서 학교까지 걸어서 1시간 조금 더 걸리는데, 봄날 수양벚꽃 핀 현충원을 지날 때마다 내 세상이었다. 술도 잘 먹고 시도 열심히 쓰고 바보짓도 많이 하고 연애도 뜨겁게 한 흑석동 시절 덕분에 나도 보들레르처럼 "천년을 산 것보다 더 많은 추억을 갖고 있"다.

그땐 알았을까? 10년 뒤, 박사 학위까지 받은 내가 배달 스쿠터를 몰고 있으리라는 것을? 학생들이 공부하는 성결대학교에 마라탕 배달해 주고선 노을이 아름다운 캠퍼스를 보니 싱숭생숭해졌다. 밤까지 하려 했는데 콜도 뚝 끊기고 춥고 배고파서 일찍 퇴근했다. 오늘은 배민 16건, 쿠팡이츠 5건 총 21건 58.8km 운행해 103,140원 벌었다.

요즘 콜도 줄고 단가도 내려갔지만, 배달이 주 수입원이다. 수입으로만 치자면 배달이 주업, 대학 강의가 부업, 시나 평론 등 문학 집필은 용돈벌이(혹은 재능 기부?) 수준이다. 따스한 봄날 하루라도 배달 더 나가야 하는데…… 노동 시간 대비 보수로 보면 배달이 평론 원고 쓰는 것보다 10배쯤 낫다. 그러니 원고 청탁이 안 들어오는 게 나로서는 더 좋은 일이다. 이렇게 멀어지는 거겠지. 다들 이렇게 멀어졌겠지. 사거리에서 정지 신호 앞에 멈춰 선 수십 대의 배달 오토바이들, 저 라이더들도 처음부터 라이더는 아니었을 것이다.

순수익 늘어나는 세상

퇴근해서 소주 한잔하며 티브이 채널을 무심히 돌리는데 몇 해 전 재밌게 본 〈강식당〉이 재방송된다. 또 봐도 웃기다. 강호동, 이수근, 은지원, 안재현, 송민호 등 연예인 다섯 명이 제주도에 식당을 열고 닷새간 장사하는 과정을 담아낸 프로그램이다. 장사는커녕 요리도 한번 안 해 본 이들이 메뉴 선택과 가격 설정, 역할 분담 등 개업 준비할 때부터 티격태격하더니 문을 연 후에는 주방과 홀에서 실수를 연발하며 우왕좌왕했다. 스스로도 어이없는지 주저앉아 웃고, 제작진에게 성토하고, 손님들에게 사과하느라 정신없다.

주메뉴는 초대형 돈가스와 오므라이스. 단출한 차림표지만 만만찮다. 이른 아침부터 채수 내고, 양배추채 썰고, 달걀 몇 판 깨뜨려 풀고, 수프 끓이고, 돈가스 소스를 만든다. 영업 시간에는 손이 느려 주문이 밀린다. 쉴 틈도 없이 쪼그려 앉아 라면으로 끼니를 때운다. 퇴근해서도 새벽까지 돼지고기를 망치로 두드린다.

"매일매일 반복되는 삶 속에 보람을 찾아요. 채수를 끓여 놓고, 설거지에 양배추채에 밥에 수프에 할 일이 많아요. 새로움이 없어요. 다양함이 없어요. 퇴근해서 똑같이 고기를 두드리고, 은지원은 소파에서 잠을 자지요." 이수근이 무표정한 얼굴로 흥얼거린 자작곡에 〈강식당〉의 모든 애환이 담겼다. 그렇게 고생해서 10만 7천 7백 원의 수익을 냈다. 다섯 명이 나누면 2만 원이 조금 넘는 돈, '강호동가스' 한 그릇도 못 사 먹는다. 자영업의 현실이다.

우리 삶도 비슷하다. 출근하면 퇴근하고, 잠들면 눈뜨고, 새벽에 잠깐 깨 시계를 보면 아직 한두 시간 더 잘 수 있다는 데 안도하고, 다시 출근해서 퇴근하고, 어제와 오늘과 내일이 똑같은 삶을 최선 다해 살아내도 남는 것은 별로 없다. 손해나 보지 않으면, 빚이나 지지 않으면 다행이다. 물론 열심히 살다 보면 땀의 대가를 얻고 때로는 생각지도 못한 행운이 생기기도 하지만 대체로 행운보다는 불운이, 정직한 보상보다는 억울한 일이 빈번하다.

〈강식당〉은 불과 닷새지만 우리는 365일, 십수 년, 길게는 평생이다. 제주도의 자연 속에서 마음 맞는 이들끼리 농담하고 장난도 치며 일하지만, 우리는 미세먼지와 빌딩숲 속에서 꼴도 보기 싫은 사람에게 혼나고 욕먹는다. 안 웃긴데 애써 웃고, 억지로 술 마시고, 생판 모르는 남에게 머리 숙이고, 아쉬운 소리 하고, 통사정을 한다. 그 하루들이 쌓여 어느새 나이를 먹고, 젊은 날은 멀리 떠나고, 취향과 건강과 여가를 잃어버리고, 결국 다시 오늘, 당장의 삶만 남는다.

지난해 강의도 하고, 여러 신문과 문학잡지에 글을 쓰고, 시집도 발간했다. 그런데 꽤 안정적이던 밥벌이 하나를 잃어버렸다. 그래서 배달 라이더 아르바이트를 시작했다. 벌면 버는 만큼 새 나가는 곳이 생겼다. 몸이 아프거나 전세 대출 이자가 오르거나 경조사가 몰렸다. 양복이 낡아 연말에 아웃렛 매장서 새로 장만했더니 남는 게 없다. 양복 한 벌과 체중 3킬로그램이 2021년 내 삶의 순수익이다. 새해 첫날부터 방한 바지와 패딩으로 중무장하고 스쿠터에 시동을 건다. 올해는 구두 한 켤레나마 생기려나.

주방에서 강호동이 끊임없이 외친다. "우리는 행복한 키친, 화내지 말아요. 행복하기 위해 하는 일이에요."라고. 새해를 맞은 엄마의 메신저 프로필 문구는 "아프지 말고 건강하자"다. 그저 삶이 계속된다는 것만으로도, 일할 수 있다는 것만으로도 만족하는 사람들과 살고 있다. 이렇게 소박하고 욕심 없는데, 세상도 좀 푸근하고 넉넉해지면 안 될까. 이 지긋지긋한 코로나도 종식되면 좋겠다.

　　열심히 일하는 사람들이 좀 더 욕심내도 되는 세상, '건강'과 '행복'도 좋지만 더 크고 많은 것들을 원해도 되는 세상, 다는 아니더라도 몇 가지쯤은 반드시 이뤄져서 노력마다, 눈물마다 순수익이 늘어나는 세상이 될 수는 없을까. 불법 상속과 증여, 투기, 탈세, 사기 등 손 하나 까딱 안 하고 거저먹는 자들, 남의 것 뺏어먹는 자들만 없어져도 우리 삶의 수익이 증대할 텐데, 그러면 건강과 행복은 이자처럼 따라붙을 텐데 말이다.

소주 한잔하자

배달 아르바이트를 하면서 소주를 자주 마시게 됐다. 종일 일하고 집에 와 따뜻한 물로 매연과 먼지를 씻어낸 후 간단한 안주를 만들어 소주 한잔하는 게 피로를 푸는 방식이자 하루 끝의 낙이 된 것이다. 그러다 문득 "소주 한잔하자"는 말에 대해 생각한다. "술 한잔하자"와 호환되는 말이 "소주 한잔하자"뿐이라는 것에 대해서. "맥주 한잔하자"나 "와인 한잔하자"는 안 된다. 오직 소주만 된다.

'소주'는 '술'이라는 전체 개념을 초월하는 하위 개념이다. '커피'를 '아메리카노'가, '밥'을 '국밥'이, '고기'를 '삼겹살'이, '라면'을 '신라면'이 넘을 순 없다. 하지만 소주는 술을 삼킨다. 소주는 술보다 위대하다. 월드컵 국대

경기 있는 날에는 '치맥'이, 비 오는 날에는 '파전에 막걸리'가 술의 우점종이지만 그저 일시적 이벤트일 뿐이다. 취업이나 입시에 탈락했을 때, 입대 영장이 날아왔을 때, 신춘문예 떨어졌을 때, 나의 모든 사랑이 떠나가는 날에 소주 말고 다른 술이 있나? 소주는 환각제이자 마취제, 진통제다.

소주는 눈물이다. 소주는 비틀거리며 마시는 술, 울면서 마시는 술, 나타샤를 기다리며 혼자 쓸쓸히 앉아 마시는 술, 빗물에 타서 마시는 술이다. 사업 망하고 생맥주 마신다는 사람 못 봤다. 실연당하고서 복분자주 마시는 미친놈도 못 봤다. 기쁜 날에 마시는 술은 소주 말고도 많지만 슬프고 괴로울 때는 오직 소주뿐이다.

2012년 3월 말, 야구선수 이종범이 은퇴한다는 소식을 듣고 사당동 돼지머리집에서 소주 예닐곱 병, 맥주 댓병 마시고 집까지 굴러서 갔다. 아니 그때 애인이 굴려서 집에 쑤셔 넣었다. 집에 온 기억은 없는데 일어나 보니 집이고, 청바지와 가죽 재킷이 다 찢어져 몸 여기저기 피멍과 상처투성이였다.

2017년 여름, 사랑이 영영 끝난 칠월 내내 반지하방에서 소주만 마셨다. 술 안 마시면 괴로워 못 자겠고, 마시다 마시다 소주는 한 모금만 더 마시면 토할 것 같아서 나중엔 제일 싼 G7 와인으로 대체했는데, 사랑을 잃은 놈이 와인을 마시는 게 내 상실에 죄짓는 것 같아서 다시 꾸역꾸역 소주를 삼켰다.

쓰기 때문에, 사랑에 실패한 날 마시면 스스로에게 가하는 형벌 같고, 슬플 때 마시면 감정의 양호실에서 상처에 적셔 주는 소독약 같고, 생의 고난으로 괴로울 때 마시면 이 악물고 견뎌야 할 극기가 된다. 쓰기 때문에.

기쁠 때 마시는 소주는 "이 쓰디쓴 것마저 달달"하게 느껴지게 하는데, 기쁨 상태의 사람을 더 들뜨게 하는 마약 효과다. "네가 아무리 써 봐라, 오늘은 설탕물이다." 뭐 이렇게 '씀'을 기쁨의 장식으로 소비하는 거다. 소주가 단합과 결속, 유대의 기능을 하는 것도 쓰기 때문이다. 이렇게 쓴 것을 함께 몸속에 들였다니, 피는 물보다 진하고 술은 피보다 찐하구나, 하는 거다. 내가 속한 사회인 야구팀에는 운동장엔 한 번도 안 나오면서 술 얘기만 나오면 "쐬주 한잔하시죠." 하며 나타나는 놈이 있다. 운동은 안 하고 술만 같이 마셔도 한 100경기 같이 뛴 것 같은 친밀감이 든다.

소주는 일단 싸다. 그리고 쓰다. 싸고 쓰다는 건 가성

비가 좋다는 얘기다. 사람마다 주량 따라 다르겠지만, 두 병 3천 원이면 원만하게 슬픔과 합의가 된다. 한 병쯤 더 마시면 블랙아웃, 부활이 예정된 유사 죽음을 경험할 수도 있다.

소주는 어떤 음식과도 잘 어울린다. 소, 돼지, 닭, 생선, 게, 끓인 거, 구운 거, 날거, 볶은 거, 해산물, 한식, 일식, 중식, 양식, 캔 꽁치, 번데기, 콘옥수수, 심지어 과자나 아이스크림, 새콤달콤 캐러멜도 안주로 삼을 만하다. 쓰지만 맑은 역설적 맛이 안주의 풍미를 살려 준다.

사실 소주는 좋은 술은 아니다. 공업용 알코올에 가깝다. 비록 좋은 술은 아니지만 가장 '큰' 술이다. 한잔 털어 마시고 '크ㅡ'가 절로 나오는, 크ㅡ은 술이다. 소주는 어제나 오늘이나 내일이나 계속 썼고, 쓰고, 쓸 것이다. 나도 소주처럼 쓰고 싶다.

오전부터 종일 배달을 하고 있다. 달리는 길마다 벚꽃이 가득 피어 있다. 오토바이 진동 때문은 아니고, 가슴이 자꾸 울렁울렁한다. 오늘같이 벚꽃이 환하게 밝혀드는 봄날 저녁엔 배달 오토바이를 세워 두고 친구에게 전화하고 싶다. 기쁜 일이 있든 슬픈 일이 있든 아니면 아무 일 없든 간에 그냥 "소주 한잔하자"고.

안양 사고 현장을 지나며

12월의 첫날, 안양에서 끔찍한 사고가 있었다. 도로 포장 작업을 하던 근로자 세 명이 도로 다짐용 중장비 롤러에 깔려 목숨을 잃었다. 롤러 운전기사가 작업에 방해되는 라바콘을 치우려고 장비에서 내린 순간 조작 기어 봉에 옷이 걸리면서 롤러가 움직였다고 한다. 시동을 끄지 않은 상태로 기어를 중립 위치에만 둔 채 장비에서 내린 게 화근이었다. 희생자 세 분 다 60대로 누군가의 부모이자 자상한 할아버지 할머니였을 것이다.

롤러와 같은 중장비의 경우 운전석이 높은 곳에 있어 시야가 완벽하게 확보될 수 없기에 반드시 신호수의 도움이 필요하다. 하지만 사고 당일 현장에는 신호수가 없었다. 신호수가 없더라도 장비를 멈출 때 시동을 끄는 것은 기본 중의 기본이다. 안전불감증에 의한 인재라는 사실이 너무 안타깝고 허망하다. 운전기사는 베테랑이었을 것이다. 수십 년 동안 해 온 일이라서, 매일 하는 작업이라서 누구보다도 자신 있었을 것이다. 옷이 기어 봉에 걸리는 희박한 우연을 단 한 번도 생각해 본 적 없을 것이다. 사망한 근로자들 역시 롤러가 등 뒤에서 자신들을 덮치리라는 걸 상상조차 하지 못했으리라.

안전은 아무리 강조해도 모자라다. 지금 이 순간에도 수많은 도로 위에서 사고 현장과 유사한 형태의 작업들이 이루어지는 중이다. 공사 책임자는 매일 작업 시작 전 안전수칙 교육을 실시하고, 작업자들은 귀에 못이 박혀 다 아는 내용이라 하더라도 0.1퍼센트의 가능성을 염두에 두고 진지하게 반복 학습해야 한다. 안전수칙이 철저하게 지켜진다 하더라도 사람이 하는 일이기에, 사람이 만든 기계로 하는 일이기에 돌발적인 위험이 발생할 수 있다. 그 돌발적 위험을 방지하는 최후의 안전 장치가 바로 작업 감시자와 신호수다. 이번 사고는 안전수칙이 지켜지지 않은 데다 작업 감시자와 신호수마저 부재한 상태에서 벌어진 비극이다. 도대체 이런 일들이 왜 끊이지 않는 걸까? 얼마나 더 많은 목숨들이 처참하게 스러져야만 하는 걸까?

고용노동부가 7월부터 10월까지 넉 달 동안 전국 2만 4백여 개 사업장의 안전 조치 상태를 점검한 결과 64퍼센트에 달하는 1만 3천여 개 사업장이 안전 조치를 위반해 시정 조치를 받았다. 2022년부터 시행되는 중대재해처벌법 적용 대상인 50인 이상 사업장의 위반 사례는 크게 줄어든 반면 50인 미만 사업장의 위반율은 증가했다. 안양 사고 현장에는 채 열 명이 되지 않는 근로자들이 작업하고 있었다. 중대재해처벌법이 반쪽짜리 법이라는 말이 나오는 이유다. 효과적 제재라 한들 무슨 소용이 있겠는가? 사소한 안전 조치가 이행되지 않아 근로자들이 목숨을 잃는 현장은 대개 소규모 작업장인 만큼 중대재해처벌법은 50인 미만 사업장에도 동일하게 적용되어야만 한다.

사고가 난 안양여고 사거리는 내가 매일 지나다니는 길이다. 배달 대행 아르바이트를 하며 스쿠터를 타고 지나간다. 사고 다음 날 오전, 야권 대선 후보가 현장을 찾아 추모했다. 상당수의 산업재해가 작업자의 부주의에서 비롯되므로 작업자 개인 잘못이라는 뉘앙스의 발언이 문제가 됐다. 아주 틀린 말은 아니지만, '작업자의 부주의'

를 야기하는, 또 이미 발생한 부주의를 결국 인명 사고로 이어지게 하는 허술한 안전 관리 시스템을 성토하고, 재발 방지 대책을 논했어야 한다.

정치인들이 다녀간 후, 나는 이따금 진눈깨비가 흩뿌려지는 죽음의 현장을 천천히 지나가 보았다. 늘 다니는 길이지만 갈까 말까 한참을 망설여야 했다. 채 다져지지 못하고 봉분처럼 쌓여 있는 아스콘 앞에 시민들이 국화꽃과 담배를 올려 두었다. 세 사람의 목숨을 앗아 간 롤러는 자신이 무슨 일을 벌였는지 모르는 듯 그저 고요하게 서 있을 뿐이었다. 롤러 바퀴에 기댄 국화꽃 뒤로 '가꿈'이라는 가게 간판과 '행복한 사람들'이라는 빌라가 대비되는 풍경을 차마 오래 바라보지 못했다. 라바콘으로 통제해 놓은 현장 주변에서 배달 대행 스쿠터가 불법 유턴을 하고, 코로나 불황을 이겨내지 못한 몇 곳의 상점들에는 '임대 문의' 현수막이 내걸려 있었다. 눈에 들어오는 모든 장면들이 다 슬펐다.

날이 어둑해지고, 가로등 불빛이 하나둘 켜질 무렵, 진눈깨비가 세차게 내리는데 한 중년의 남성이 아스콘 앞에 국화꽃을 헌화하고 무릎을 꿇어 두 번 절했다. 현장에 세워진 합판에는 시민들이 적어 놓은 추모 메시지가 가득

했다. 돌아가신 분들도, 사고를 낸 분도 다 안타깝다. 추운 겨울밤, 가족이 기다리는 집으로 가지 못하고 길 위에서 목숨을 잃은 분들의 명복을 빈다. 안양이라는 지명은 불교의 안양정토에서 왔다. 그곳은 괴로움이 없는 안락한 세상이다.

엄마의 첫 해외여행

　　새해에는 수많은 결심들이 태어난다. 나도 티브이로 제야의 종소리를 들으며 의욕 넘치게 몇 개 적어 봤다. 저축, 주거 안정, 다이어트, 연애, 결혼, 베스트셀러 집필, 절주, 효도…… 어려워 보이는 것들을 하나씩 제외하니 결국 남은 건 효도뿐이다. 매년 결심하고 매년 실패하면서도 어김없이 새해의 최우선 과제로 채택되었다. 사실 뭘 어떻게 해야 하는지 잘 모른다. 무작정 곰살맞게 굴거나 안 하던 짓을 하면 부모님은 불편해하신다. 가만 보니 효도를 내 마음 편하기 위해서 한다. 부모님이 원하시는 게 뭔지 모르면서 일단 내키는 대로 한다. 부모님은 걷고 싶으신데 억지로 업어 드린다. 자식들의 효도라는 게 대개 그렇다.

환갑을 훌쩍 넘긴 엄마를 유럽에 보내 드리게 됐다. 어떻게든 첫 해외여행을 시켜 드리려고 잔뜩 별렀다. 더 나이 드시기 전에 꼭 한번 보내 드리고 싶었다. 엄마 친구분이 홈쇼핑 채널에서 '코로나 블루 한 방에 날려 줄 마치 영화 같은 스위스·이태리 9일' 상품을 보시고는 엄마를 꼬드겼다. 이때다 싶어 동생과 함께 총공세를 펼쳤다. 돈 걱정에, 또 물설다며 망설이는 엄마를 야단스레 부추겼다. 배달 라이더 일하면서 모아 둔 돈으로 여행 보내 드린다고 하면 엄마가 속상하실 것 같아, 전세 연장 계약할 때 보증금에 보태려고 따로 빼 둔 박사 후 국내 연수 퇴직금을 개봉했다. 배달 더 열심히 하면 금방 메꿀 수 있다. 카드대금 등으로 다 빠져나가기 전에 서둘러 엄마 통장에 송금했다. "가기로 했어"라는 메시지가 온 순간 얼마나 기뻤는지 모른다.

　　엄마는 섬마을에서 6남매 맏딸로 태어나 일찍 부모를 여의고 가장 노릇을 했다. 결혼 후에도 시부모님을 모시며 자식 뒷바라지하느라 평생 고생만 했다. 홀로 반려견과 지내며 몇 년째 요양병원에 누워 계신 할머니 간병까지 하는 생활이 고되셨을 것이다. 일주일에 두세 번씩 찾아가 집안일과 간병을 돕지만 손도 서툴고 무뚝뚝한 아들이 큰 위로가 되었을 리 없다. 재작년, 오래 함께 산 반려견 순돌이를 무지개다리 너머로 보내고선 우울증 약까지 드셨다. 그러면서도 일을 놓지 않으셔서, 지금도 밤늦게까지 일하는 엄마를 보면 여태 변변히 자리 잡지 못한 내 자신이 원망스럽다.

　모처럼 엄마가 활짝 웃었다. 요 며칠 엄마가 가장 많이 하는 말은 "실감이 안 난다"다. 예약 특전에 포함된 '정통 이탈리아 스파게티'와 '티본스테이크'를 먹게 됐다며 싱글벙글이다. 나도 싱글벙글, 내가 여행 가는 것보다 더 행복하다. 초등학교 때 수련회를 가면 엄마는 속옷과 수건마다 바늘로 내 이름을 박음질해 주셨는데, 이제는 내가 엄마 준비물을 챙긴다. 엊그제는 보조 배터리를 갖다 드렸다. 그저께는 유럽 가이드북을 사다 드렸다. 어제는 여행용 에어 목베개에 바람을 불어 넣어 드렸다. 엄마는 이모들한테 자랑하고, 친구분들에게 자랑하고, 일터의 동료들에게 또 자랑했다. 당신 일처럼 기뻐하신 한 아주머니가 이렇게 말씀하셨단다. "다닐 수 있을 때 다녀. 나도 몸 성할 때 갔어야 하는데, 이젠 무릎 아파 잘 걷지도 못하고 영영 틀렸어."

　'자식 잘되는 게 효도', '부모님 마음 편하게 해 드리는 게 효도'…… 이제 생각해 보니 자식들이 만든 말인 듯하다. 부모님이라고 해서 왜 자식들이 누리는 좋은 세상을 누리고 싶지 않으시겠는가. 멋진 세상 구경하면서 맛있는 음식 먹고 돈도 신나게 쓰게 해 드리는 게 효도라고, 나는 생각을 고쳤다. 엄마 품에서 건강하게 자라 수많은 나라와 도시를 여행했으니, 이제는 내가 엄마에게 넓은 세상을 보여 드려야 할 때다. 언젠가 티브이에서 본, 모진 세월을 산 한 할머니의 인터뷰를 기억한다. "다시 태어나면 새가 되어 세상을 맘껏 날아다니고 싶다"던.

아버지와 부대찌개

아버지는 대기업에 납품하는 가방을 만드는 중소 규모의 공장 사장이었다. 덕분에 나는 유복한 환경에서 유년을 보냈다. 우리 집이 있었고, 옥상엔 아버지의 골프 연습 시설이 있었다. 아버지와 나는 주말마다 낚시를 다녔고, 엄마는 평일 오전에 에어로빅과 꽃꽂이를 했다. 그러나 IMF 사태로 아버지 공장은 부도를 맞고, 집 안 곳곳엔 차압 딱지가 붙었다. 아버지는 지방을 전전하는 행상이 되어 일 년에 한 번 얼굴 보기조차 힘들었다.

중학교 1학년 때였던가, 아버지가 일 년여 만에 전화를 걸어 왔다. 에어쇼 행사장에서 무슨 일을 한다며 놀러 오라고 했다. 아버지 본다는 생각에 설레어 토요일 방과후 성남 비행장으로 갔다. 비행기들이 일으킨 모래바람

너머 아버지가 손을 흔들었다. 빨간 모자를 쓰고, 앞치마를 두른 채 소시지를 굽고 있었다. 파인애플을 꼬치에 끼우고 있었다. 나는 좋아하던 군것질거리를 실컷 먹는다며 마냥 즐거웠고, 아버지는 웃었다.

빨간 모자챙 아래 그 웃음이 얼마나 애처로운 것인지 깨달았을 때 나는 어른이 돼 있었다. 머리가 굵어 아버지가 어려웠다. 살가운 말 한마디 하지 못하게 됐다. 같이 목욕탕에 갈 수 없을 만큼 멀고 어색해졌다.

아버지는 십여 년 전 충남 당진 대호만 물가에 컨테이너 집을 짓고 정착했다. 된장과 청국장을 담가 팔고, 낚시하러 오는 손님들에게 서툰 손으로 닭볶음탕이나 라면을 끓여 내고, 평생 좋아한 낚시 실컷 하면서 편하게 사시는 듯했다. 그런데 몇 해 전, 위암 진단을 받고 수술대에 올랐다. 수술하는 날까지 나를 포함한 가족들에게 그 사실을 알리지 않았다. 그만큼 무뚝뚝한 분이다.

다행히 초기에 발견돼 수술이 잘됐다. 위를 절제했으므로 식사량이 줄어 몸집이 작아진 아버지, 약해진 아버지는 아들이 감당해야 할 슬픈 풍경이다. 그해 여름 대호만에 갔더니 아버지가 전복을 넣고 옻닭을 삶아 주셨다. 고기에는 손도 못 대고 국물만 뜨는 아버지, 아버지

앞이라 울진 못하고 그저 먹기만 하는 나, 내가 먹어 치운 닭 한 마리, 뼈대만 남아 앙상한 낚시 좌대, 아버지 따라 야윈 대호만 물, 먼지 쌓인 아버지 낚싯대, 햇살 내려앉은 장독대, 덜 마른 빨래, 일찍 덮어 버린 에어컨, 아무것도 모르는 뒤란의 닭과 개 들, 유난히 푸른 하늘, 반짝반짝 빛나는 약통…… 내게 각인된 '아버지'라는 이미지가 어린 나를 목말 태우던 젊고 건강한 사내에서 힘없는 촌로로 대체된 지금, 나는 빨간 모자를 쓰고 소시지를 굽던 옛날의 아버지 나이가 됐다.

얼마 전, 아버지가 천안의 한 병원에서 정기 검진을 받는 날이었다. 수면내시경 검사에는 보호자가 필요하다. 어떤 내색을 잘 안 하는 아버지는 그동안 동네 친구분과 함께 병원에 다녔는데 이번엔 추수철이라서 동행이 어렵다고, 그래서 "혹시 시간이 될지 모르겠다. 10시면 끝날 거야." 내게 완곡하고 조심스럽게 물어보셨다. 동네 친구분을 보호자로 하여 병원에 다니셨다니, 아들 눈치를 보시다니, 속상하고 죄송했다.

나는 아버지가 늘 어렵기만 하다. 이제 한없이 작아진 아버지가 측은하기도 하지만 여전히 거대한 산 같다. 내일모레 마흔인데, 아버지한테 꾸중 들을까 봐 배달 라이더 한다는 얘기는 꺼내지도 않았다. 엄마한테도 단단히 당부했다. 아버지한테는 절대 비밀로 하라고. 이 책이 나오면 걱정이다. 아버지는 내가 어릴 때부터 "오토바이 타면 다리 병신 된다"며 근처에도 못 가게 단속하셨다. 그런 아버지 눈을 피해서, 아버지가 부재한 사춘기에 나는 오토바이를 타고, 친구들과 어울려 술을 마셨다. 정말 모르셨을까? 모르셨을 것이다.

차가 막혀 30분 늦게 도착하니 당진서 먼저 온 아버지는 노란 검사복을 입고 병원 로비에서 나를 기다리고 계셨다. 청력이 약해져서 간호사가 묻는 말에 내가 몇 번 대신 대답했다. 혈압 재고 내시경실로 가 검사받으실 동안 나는 수납하고 원내 약국에서 약 처방을 받았다.

"잘 부축해 드리세요." 간호사가 말했다. 오늘 내내 어지러울 수 있다고 했다. 아버지는 지쳐 보였다. 아버지를 부축하고 걸었다. 힘껏 붙잡고 싶은데 힘껏 붙잡으면 안 될 것 같았다. 아들의 마음이다. 부축도 견인도 아닌 동작으로 아버지 팔에 손을 얹은 채 말없이 걸었다.

밥 먹고 가자 하셔서, 검사 2시간 이후부터 식사가 가능하다고 말씀드렸다. "그럼 먼저 올라가……." 아버지 혼자 식사하실 게 눈에 밟혀 병원 권고를 무시하고 근처

백반집에 들어가 앉았다. 아버지 입맛에 맞게 청국장이나 우렁된장을 시키려는데, 아버지가 부대찌개를 가리켰다. 햄과 소시지 같은 걸 드시는 줄 몰랐다. 아버지의 뜻밖의 취향, 세월은 흐르는데 내가 모르는 아버지가 너무나 많다.

어쩌면 아들 입맛에 맞추려고 부대찌개를 시키신 게 아닐까. 아버지는 부대찌개를, 아들은 우렁된장을 생각하는 어긋남이 아버지와 아들의 평생이다. 지금은 어정쩡한 부축에 실린 아들의 가벼움과 아버지의 무거움 사이를 걷고 있지만, 부대찌개를 먹고 아들은 살찌고 아버지는 깃털처럼 가벼워질 것이다. 부축하는 팔에 점점 힘이 많이 들어갈 것이다. 늘 그랬듯 아버지와 나는 아무 말이 없었다. 마주한 밥상 위에 부대찌개 끓는 소리만 들렸다.

음, 그래 이 정도면 괜찮아.

포기합니다, 아닙니다

올해 우리 나이로 서른아홉이 됐다. 내년이면 마흔이다. 이제 우리나라도 만 나이를 적용한다고 하니 두 살쯤 젊어지겠지만, 그래 봤자 서른 후반의 노총각인 건 변함없는 사실이다. 주변에서 "연애 안 하냐?" "결혼 생각은 없냐?" "평생 혼자 살래?" 묻곤 한다. 그때마다 "다 때가 있겠지"라고 말은 하지만, 이미 그 '때'를 놓쳐 버린 것 같아 내심 초조하다.

아직 젊고, 훤칠하고, 매력이 있다고 자부하지만, 갈수록 자신감이 줄어드는 건 어쩔 수 없다. 작년부터 배달 라이더 아르바이트를 시작한 뒤로는 더욱 그렇다. 직업에 귀천이 없다지만, 그리고 이 일은 내 본업도 아니지만, '대학 시간강사를 전전하며 파트타임 배달 라이더 아르바이트하는 삼십 대 후반의 시인'에게 연애나 결혼은 언감생심이라는 객관적 진실을 스스로 체감하고 있는 것이다.

스쿠터를 타고 음식 배달하다가 가끔 너무 매력적인, 이상형에 가까운 여성을 보게 될 때가 있다. 서른 초반만 됐어도 다가가 연락처를 물어봤을 텐데, 아니 이 배달통 달린 스쿠터만 몰고 있지 않았더라면 말이라도 한마디 걸어 봤을 텐데. 그러다 이내 '나 같은 딸배가 어딜 감히…' 하며 스쿠터를 돌린다.

아직도 매력적인 이성을 보면 설렐 수 있구나, 새삼 놀라다가 이내 쓸쓸해진다. 참 열심히 공부했는데, 참 열심히 글 썼는데, 내가 해 온 공부와 문학이 돈과 거리가 먼 분야인 거지 내가 노력을 안 한 건 아닌데, 누구보다도 노력하면서 성실하게 살아왔는데… 잘못 살았을까, 바보처럼 살았을까? 문학 같은 건 왜 해 가지고는 이 모양으로 사는 걸까?

나는 지금 쏟아지는 장대비를 맞으며 위험천만한 빗길을 달리는 배달 라이더, 나에겐 연애도 결혼도 사치다. 잘 알고 있습니다. 그래서 다 포기합니다.

그런데 초밥 배달하러 가는 아파트 엘리베이터 안, 헬멧을 벗고 빗물에 젖은 머리칼을 쓸어 넘기자 거울 속

내가 화장품 광고 모델처럼 보인다. 이렇게 훌륭한 미모를 가졌으면서 포기는 무슨 포기. 배달은 '나'를 지키기 위해 시작한 일이고, 나는 사랑도 문학도 결코 포기하지 않을 것이다. 음, 그래 이 정도면 괜찮아.

나는 행복한 배달 라이더

　지난해 늦여름, 한철이 영원인 줄 알고 울어대는 매미 소리 들으며 배달 라이더 일을 시작했다. 내 스쿠터는 무성한 초록과 단풍과 가을비 사이를 지나고, 첫눈 내린 골목길을 엉금엉금 기어 이제 벚꽃이 피어나는 봄날의 오후를 달리는 중이다. 여름엔 뙤약볕이 너무 뜨거웠고, 가을은 좋았다. 겨울 배달 길엔 귀와 손가락이 끊어져 나가는 것 같았고. 여름 뙤약볕도 가을의 선선함도 한겨울 매서운 추위도 매미 울음처럼 다 지나갔다. 장대비한테 따갑게 얻어맞고, 잠자리와 충돌하고, 서럽게 차가운 눈발에 벌겋게 트던 내 뺨에 연분홍 꽃잎 하나가 부드럽게 내려와 앉는다.

　애써 활달하려고 해도 마음에 그늘이 자주 드리워졌

다. 아파트 엘리베이터에 비친 내 모습, 헬멧을 쓰고 치킨을 든 채 마치 일렉트로닉 뮤직 듀오 '다프트 펑크'처럼 서 있는 나를 볼 때면 낯설고 어색했다. 고급 아파트에 배달 가면 늘 기가 죽었다. 지하 주차장에 세워진 고가의 외제차들, 고층 아파트 복도에서 내려다보는 도시의 화려한 야경은 나로 하여금 내 궁핍을 더 선명하게 자각시켰다. 넓은 거실에 모여 앉아 웃고 떠들며 행복하게 음식을 먹는 가족들, 안양천 물에 비친 추석달, 헬멧에 가려 반만 보이는 하늘, 빗물에 번진 가로등 불빛들을 보며 외로웠다. 내가 참 잘못 살았구나, 나는 참 바보처럼 살았구나 생각했다.

많은 길들을 달리고, 많은 식당에 드나들고, 많은 일들을 겪으며 많은 사람들을 만났다. 천하고 보잘것없는 일이라는 자괴감이 들 때마다 내게 힘을 준 건 결국 사람들이었다. 내가 누군가에게는 꼭 필요한 사람이라는 자의식이 나를 일으켜 주었다. 추석날 노을이 막 지기 시작한 골목길에 할아버지와 어린 손자가 나를 기다리고 있었다. 내가 실어 나르는 치킨을 설렌 얼굴로 기다리고 있었다. 두 손으로 공손히 치킨을 받고는 "감사합니다" 인사하는 아이 덕분에 코끝이 시큰해졌다. 중학생들이 생일 파티를 하는 집에 피자와 파스타를 배달하러 갔을 땐 초인종을 누르기 무섭게 "왔어, 왔어!" 하며 환호하는 소리가 들려와 나도 모르게 미소 지었고.

노부부가 주문한 칡냉면, 젊은 연인들이 주문한 페스트리와 커피, 재래시장 상인들이 주문한 햄버거, 군부대에서 주문한 짜장면과 탕수육 세트, 혼자 사는 청년이 주문한 국밥 한 그릇, 몸이 불편한 아저씨가 주문한 초밥, 김밥집 아주머니들이 주문한 피자, 파출소에서 주문한 김치찌개를 배달하면서 나는 행복했다. 비대면 시대지만 문앞에 음식을 두고 돌아서는 등 뒤로 "고맙습니다" "잘 먹겠습니다" "감사합니다" "안녕히 가세요" "안전 운전 하세요" 같이 따뜻한 말 한마디 들리면 배달의 기쁨과 보람을 느꼈다.

통장에 배달 수익이 입금될 때 가슴이 데워졌다. 밥 안 먹어도 배부른 느낌이다. 대출 이자 갚아 나가고, 전세 보증금 증액분 감당하고, 가스비랑 수도세랑 전기료도 내고, 라면과 햇반도 사 먹었다. 생의 가장 캄캄하고 깊은 골짜기에서 겨우 기어 나올 수 있게 해 준 것도, 시간강사에게 가혹한 겨울 방학을 어떻게든 버티게 해 준 것도, 정직한 노동의 가치를 알게 해 준 것도 다 2006년식 49cc 스쿠터였다. 나는 이 낡은 스쿠터를 타고 우울과 자괴감, 열패감, 자기 비관과 남 탓에서부터 멀리 멀리 달아날 수 있었다.

이제는 '다음'을 준비할 수 있게 됐다. 지난해에 떨어진 한국연구재단 학술연구교수에 다시 지원해 볼 거다. 더 열심히 읽고 쓰고 강의할 거다. 내 삶을 더 사랑할 거다. 그리고 스쿠터는 계속 달릴 것이다. 이 봄날, 벚꽃길을 달리면서 "나는 행복한 배달 라이더입니다!"라고 외치고 싶다. 지금 당신에게 행복과 설렘을 배달하러 가는 중이니까.

작가의 말

기죽지 않는 유쾌함이 전해지면 좋겠습니다

시간강사 봉급과 원고료만으로는 좀 쪼들려서 짬짬이 배달 라이더 투잡을 하고 있습니다. 벌써 일 년 가까이 됐는데요. 배달을 소재로 에세이집을 내보자는 제안을 받았을 때 좀 망설였습니다. '학위까지 하고 학교에 나가는 사람인데……' 같은 체면 문제는 아니고, 이런 책들이 으레 그러듯 제 글도 자기연민에 빠지거나 페이소스 과잉이 될까 봐서요. 그래도 스쿠터를 몰고 음식을 나르는 시간들 또한 '삶'이고 내 것이기에, 기록하고 기억하고 나누는 게 글 쓰는 사람의 일이라고 생각해 결국 책을 내게 됐습니다.

얼마 전 '학술연구교수'에 또 떨어졌습니다. 계속 쪼들리며 살아야 한다는 얘기지요. 우편함엔 온갖 독촉 고지서가 날아들고, 대출 이자 납입 문자는 쉴 새 없이 울려 댑니다. 배달 마치고 집에 와 시원한 물로 샤워하고, 좋아하는 음악 들으며 맥주를 마셔도 걱정, 걱정, 걱정입니다. 그런데 저 먼 우크라이나 키예프에는 하루아침에 모든 걸 잃은 사람들이 있어요. 아직 잃지 않은 목숨마저 던져 지켜야 할 게 있다고 하네요. 누구나 자기만의 전쟁을 치르겠지만, 그들에 비하면 제 전쟁은 놀이터의 땅따먹기 수준일 겁니다. "가난을 두려워하는 사람이 가난뱅이야. 나는 가난을 두려워하지 않아." 니코스 카잔차키스의 『영혼의 자서전』에 스무 살의 제가 밑줄 그은 대목이에요. 걱정할 걸 걱정하자고 마음을 고칩니다. 나는, 우리들은 없어지지 않았으니까요.

요즘 빨래만 널면 비가 옵니다. 빨래 널어 놓고 엄마 집에 심부름 다녀왔는데, 이런…… 다 젖어 버렸네요. 그나저나 간장약과 냉장고에 굴러다니는 캔맥주 두 개를 같이 챙겨 주는 엄마의 마음이란 무엇일까요? 아들은 저 하나뿐이지만, 우산장수 아들과 부채장수 아들을 동시에 걱정하는 뭐 그런 걸까요? 엄마 마음을 생각하다가, 그 걱정을 걱정하다가, 생각하고 걱정하자니 소주가 필요해서, 불효의 방식으로 오늘은 한잔 마십니다. 요즘 엄마 소원은 제가 배달 라이더 일 안 하는 건데…….

이 책을 읽으면 엄마는 덜 걱정할까요 더 걱정할까요? 저도 엄마도 여러분도 걱정을 좀 내려놓고 살아야 할 텐데요. 각설하고, 여기 쓴 이야기들은 가벼운 단상들입니다. 기죽지 않는 유쾌함 같은 게 전해지면 좋겠습니다. 아마 말복쯤 되면 여러분들 손에 책이 들려 있을 거예요. 그날 저는 열심히 배달하고 있을게요. 삼계탕 주문이 많을 거거든요.

2022년 여름, 안양 1번가 먹자골목에서
이병철

시간강사입니다 배민 합니다
2022년 8월 20일 1판 1쇄 펴냄
2022년 11월 18일 1판 2쇄 펴냄

지은이   이병철
펴낸이   김성규
편집   김은경 김도현
디자인   신아영
펴낸곳   걷는사람
주소   서울시 마포구 월드컵로 16길 51 서교자이빌 304호
전화   02 323 2602
팩스   02 323 2603
등록   2016년 11월 18일 제25100-2016-000083호

ISBN 979-11-92333-20-5 04800
ISBN 979-11-89128-13-5 (세트)